爆心地ランナー

志賀 泉
Shiga Izumi

コールサック社

目次

爆心地ランナー

〈湾曲し火傷し爆心地のマラソン　金子兜太〉

二〇二〇年　三月二六日
六時五三分　東京駅　常磐線ひたち一号乗車
九時三〇分　いわき駅　各駅停車乗り換え
九時五六分　Ｊヴィレッジ駅　下車

Ｊヴィレッジ駅では男だった。


早朝に家を出てから五時間近くかかった。

セメントが匂うような真新しい駅。黒光りするアスファルトのホームにぼくは足を下ろす。電車を降りたのは五、六人。本当はもっともっと大勢の人でにぎわうはずだった。不安を抱いてぼくは歩く。小型のスーツケースを引いて、キャスターをカタカタ鳴らして。

ぼくはうまく歩けているだろうか。左右の足を自然なリズムで送り出しているだろうか。

本当なら今日、Ｊヴィレッジを聖火がスタートするはずだった。

オリンピックなんてクソだ。なにが「復興オリンピック」だ。

渦巻く悪意を胸に、この日を待っていた。

なのに、まさかだよ。まさかの感染爆発。

新型コロナウイルスが世界の衰退を加速させ、オリンピックを窮地に追い込むなんて。

総理が東京オリンピックの延期を発表したのはほんの二日前。直前まで開催ゴリ押しの構えでいたくせに、拍子抜けだ。半月前にギリシャで採火された聖火も、日本に空輸されるとガラスケースに封印された。聖火リレーはない。決まりだ。

なのに、なぜぼくは電車に乗ったのだろう。母さんに「部活の遠征試合」と嘘をついて。卓球部なんてずっと前に辞めたのに。試合どころか感染対策で部活動いっさい中止なのに。

福島に行ってどうすんだよ?

なにかが起きるって本気で信じてんの?

電車の中でも自問していた。不発弾を抱えたテロリストみたいに。答えは出なかった。それでも踏み出した一歩は戻せない。戻したら最後、ぼくは本当に駄目になってしまう。

Jヴィレッジは国際的なサッカー練習場だ。駅はつまりその玄関口だ。野山を切り開いてコンクリートで固めた、ジオラマみたいな駅。「キャプテン翼」のイラストがある階段を上れば展望台があり、鉄道おたくがカメラを構えてホームの先を狙っている。けれど、ぼくが足を止めたのは海が見えたからだ。

山林の向こうで水平線がきらめいていた。数年ぶりで見る、福島の海。ぼくは大きく息を吸い、肺いっぱいにみずみずしい空気を送り込んだ。水平線は盛り上がろうとする力をたくわえながら、もっと強い力で空に押さえられ、かろうじて均衡を保っているように見えた。

海岸には火力発電所の黒ずんだ建物。補修中なのか鉄骨が組まれ、遠目に見れば老朽化した鉄の要塞だ。それはぼくになにかを語りかけていた。火力発電所にも言いたいことはあるだろう。津波に打ちのめされて傷つき、散々な目にあったのだから。

無人駅らしく、改札口にはカードを読み取る機械がぽつん。なのに、今日は特別警戒なのか駅員が三人もいる。駅前に街はない。コンビニひとつない。飲み物の自販機があるだけ。ぼくはコーラを買いベンチに腰かけ、人待ち顔をつくろって目の前の交差点を眺めた。交差点の先はすぐ、Ｊヴィレッジの森だ。

そのまま十時十分は過ぎていった。本当なら聖火ランナーが駅前のゴール地点に着く時間。マスコミはいない。「オリンピック反対」の声も聞こえない。なにも起こらない。砂時計の砂のような時間がぼくの中を落ちていく。

若い駅員がぼくを見ていた。ぼくが見返すと彼はスーツケースにちらと目を移し、涼しい顔で正面に向き直った。不審人物に見えるのか、ぼくが。確かにそう、Ｊヴィレッジでプレイするサッカー少年にぼくは見えそうにない。こんな貧弱なサッカー少年がいるものか。

手荷物検査をされたら面倒だ。ぼくは腰を上げ横断歩道を渡った。

道標に従って進むとサッカー場が見えてくる。歩道の向こうから走ってくる男がいる。全身黒ずくめのジョギングウェア。なにか手にしていると思ったら、なんとピコピコハンマーだ。大真面目な顔で、ハンマーのおもちゃを聖火トーチに見立てて走っている。

目を疑っているうちに男とすれ違った。ユーチューバー？　いや、自撮り用のスマホがない。伴走している人もいない。ぼくは振り返った。アスリートらしい力強い走りで、一歩一歩地面を蹴っていく。筋肉質の背中が遠ざかっていく。

爆心地ランナーだろうか。

いや、まさか。『爆心地ランナー』の作者はあんな間抜けなパフォーマーじゃない。ピコピコハンマーでオリンピックを茶化そうなんて、安直な手は使わないはずだ。『爆心地ランナー』の作者なら、もっと奇抜に、もっと過激に、もっと挑発的に走ってほしい。本物の爆弾は使わないにしても、これぞ自爆と誰もが認めるくらいの狂気じみた走りで世間をあっと驚かせてほしい。

だって、あんた自身が爆心地なんだろう？

『爆心地ランナー』は走る小説だ。

原発被災地の警戒区域を深夜、謎の男が突っ走る。理由も目的もなくひたすら走る。走る。走る。パトカーを振り切り自衛隊を蹴散らし、ランナーズ・ハイが限界突破。月面を走っているかと思えば小学校の運動会になり、半裸のチアガールが大股を開き、初恋の人は小旗の乱打。男は反り返り、火の粉を吹き、燃え上がり、人の姿をなくしてゆき、最後は黒牛となり意味不明のまま全裸の少女を乗せて双葉の海に飛び込んでいく。

話は支離滅裂で荒唐無稽で悪夢のドタバタだけど、ぼくは夢中で読んだ。走れ走れ走れと息つく暇もない疾走感に拉致された。これはぼくのための小説だと信じた。

忘れられない一行がある。

「そこがどこであれ、君が走る場所が爆心地だ」

捨て身の人間って強えっ。

作者の名は黒部アキラ。

自分のSNSで公開している情報によれば、
出身地・福島県双葉町／出身校・F高校（新聞部）／趣味・凧上げ／愛読書・『風の谷のナウシカ』／好きな言葉・「不合理ゆえに吾信ず」／尊敬する人・泉谷しげる。

彼の名前で検索すると、ネット上には悪評ばかりずらっと出てくる。

「元原発作業員だとか、避難指示区域の自宅で書いたとか言うけど、証拠あるの？」「賞ほしさの経歴詐称じゃね？」「出版社もさ、作品の質より話題性優先で受賞させたの見え見えだよ」「下手くそだもんね」「日本語壊してる」「最低」

ざっとこんな調子。まあ、反論はしない。

ぼくも双葉町生まれだ。双葉町にあるF高校は、ぼくの父さんの出身校でもある。ただし父さんは陸上部、アキラは新聞部だ。父さんはアキラより十三歳上。同じF高というだけで接点はない。性格も趣味も成績もまるで違うはず。それでも、同じ校舎で勉強し同じ校庭を走ったのだ。それで十分だ。『爆心地ランナー』を読みながら、いつの間にかぼくは主人公の男に父さんの面影を重ねていた。全速力で走りながら父さんは火の粉を吐き吐き、黒牛に変身していく。太くなる首。鼻筋が異様に伸びてゆき、左右の目が離れ、大きくなり、耳の上から角が生え、短く黒い毛で顔面が覆われてゆく。この黒牛は父さんだ。歓喜する少女を背中に乗せて荒野の田園を駆け抜け、夜の海へと突進していく。遠くに見える、福島第一原発の白い光。

父さんやアキラが卒業したF高校は福島第一原発から三、四キロの距離しかない。九年前に原発が水素爆発を起こしたせいで双葉町は避難指示区域となり、F高校も校舎を閉鎖した。休校中ではあるけれど、復活の見通しは立たない。

書店でたまたま見かけた文芸誌に、「双葉町潜伏作家の問題作」となかったら、ぼくが『爆心地ランナー』を読むことは永遠になかったと思う。

アキラのSNSはしばしば炎上し、アキラは暴言に暴言で対抗し、それがまた「炎上商法」と揶揄《やゆ》された。

「つまらない」と小説の感想があれば「バカが喜ぶような小説は書かない」とやり返し、「意味がわからない」とあれば「義務教育は受けたのか?」とくる。オリンピック嫌いも徹底していて、「東京オリンピックに反対なら日本人やめろ」という批判には「そういうバカ丸出しの民族主義こそやめろ」とやり返す。「聖火リレーなんてナチスが始めた見世物じゃねえか」

そんな低レベルの応酬が愉快で、ぼくは彼のＳＮＳのフォロワーになっていた。
アキラがＳＮＳで「聖火リレーの日に爆心地へ集合せよ」と呼びかけたのは五日前。
爆心地がどこを差すのか具体的に示していない。集まってなにをするかも書いていない。これでは集合のしようがない。オリンピックの延期が発表されてからアキラは沈黙している。叛旗《はんき》を下ろしたのだろうか。いや、最初から冗談だったのかもしれない。それでも、なにかを期待してぼくはここに来た。Ｊヴィレッジを目指したのは、もし黒部アキラが現れるとしたら、聖火ランナーのスタート地点だと予想したからだ。

　原発事故直後、Ｊヴィレッジは福島第一原子力発電所という戦場の前線基地だった。事故処理作業員が集結し、自衛隊のヘリも戦車もここから出動した。練習フィールドだって臨時の駐車場だったのだ。グーグルマップの航空写真を開けば、いまでも駐車場の光景が現れる。色とりどりの自動車がまるで、虫ピンで留めた甲虫の集合体。数年前の過去がグーグルマップの現在。芝生一枚めくればいまでも、轍《わだち》だらけの大地が現れそうな気がする。

　聖火リレーのコースだった道を歩いていると、前方から金属を打ち鳴らす音が聞こえてきた。なにかと思えば、セレモニーを予定していた広場で仮設ステージを解体していく物音だ。複雑に組み合わされた鉄パイプが作業員の手で、カンカン音を立ててばらされていく。

　入り口に立って眺めていたら、スーツ姿の男が苦々しい顔でやって来た。

「ちょっと、トラックが出入りするからどいて」と、虫でも追い払う手つき。

「出入りしてねぇだろ」と言い返したかったが、ぼくは黙って引き返した。解体作業なんか見ていたって面白くもない。ぼくには本来の目的がある。

駅に戻った。車椅子マークがある多機能トイレに入り、スーツケースを開いた。

女の子になるための衣服や化粧品やかつらがひととおりそろっている。スタジャンを脱ぎ、靴と靴下を脱ぐところから始める。心臓の鼓動が高まる。手が震えていく。慌てるな。自分に言い聞かせる。指の震えを止めろ。下り列車の到着まで時間はたっぷりあるんだ。

素裸になってからパンツ、ハイソックス、キャミソールと順に身につけていく。リボンのついたセーラーブラウス、キルトスカート。着替えを終えたら化粧品を洗面台に並べスマホを立てかける。

動画は、ライムさんのアップから始まる。

「はぁい、ライムでーす。これから双葉君が、なんと、生まれて初めてメイクしまーす」

新宿歌舞伎町にある開店前のゲイバー「雷舞」。ライムさんの手がぼくの顔を女の子に変えていく。その手順を参考にぼくは化粧を始める。

ライムさんに出会ったのは三日前だ。

新型コロナウイルスの感染拡大は、中学生の日常も変え始めていた。都内の小中高校が春休みを前倒しして臨時休校に入ったのはそのひとつ。おかげでぼくは、平日の昼間に堂々と都心を歩いていられた。都知事はテレビで「不要不急の外出は控えて」と繰り返している。それは知っているけど、なにが不要不急か、決めるのはぼく自身だ。新宿には必要があるから出かけた。かつらを買うためだ。スタジャンのポケットには「なりたい人」の写真。マスクはしなかった。毒ガス攻撃でもない限りマスクなんてしたくない。

ウイッグ専門店は新宿の地下、メトロプロムナードにある。住所で言うと歌舞伎町。小田急線新宿駅の改札を出て地下通路を歩き、案内板を確かめ横道に入る。入り口近くはふつうにアパレルショップが並ぶおしゃれな地下街なのに、奥へ進むにつれて歌舞伎町的な怪しさが濃くなっていく。

見つけた。女性のマネキンヘッドが店頭にずらりと並び、つぶらな瞳で遠くを見ている。色とりどりのかつらを被ったマネキンヘッドの群。まるで生首の見本市だ。それがいかがわしくて、エロチックで、でもどこか神々しくて、中学生男子が足を踏み入れていいものか根本的な迷いが生じ、ぼくは店先で固まってしまった。

ライムさんは、そんなぼくを見かねて声をかけたのだと思う。

「坊や、迷ってるの?」

ハスキーな声で、ゲイと直感した。テレビに出るゲイのタレントは大抵こんな声だ。振り向けば、アイラインで強調した目がぼくを呑み込むように大きく見開いていた。

「初めて?」と訊かれてうなずいた。ぼくに必要なのは助け船だ。船のえり好みをしている場合じゃない。

「そうか、初心者か。じゃあ迷うよね。坊やはどんなのを探してるのかな？」

彼女の指がすっと伸びてぼくの前髪に触れる。ぼくの警戒心を正面から崩していく。

「あの、これですけど」

ぼくはポケットから写真を取り出した。

十四歳の、セミロングの女の子。不安そうな、甘えるような眼差しで正面を見据えている。全体にほっそりとして、卵形の輪郭に鼻筋のすっきりとしたお姫様顔。清楚で、無垢で、よく見れば目つきが不安定で、いまにも崩れそうな脆さを秘めて。

「かわいい子。坊やそっくり」

「姉ですから」ぼくは顔を伏せた。

彼女は店長を呼んで写真を見せ、なにやら熱心に話し込んでいたが、聴き耳を立ててみるとぼくのことなどそっちのけで、「緊急事態宣言はいつ？」とか「ロックダウンするの？」とか、新型コロナウイルスの感染爆発に関する話をしていた。どうやら歌舞伎町存亡の危機が目前に迫っているらしい。それでも、しばらくすると思い出したようにぼくを振り返り、かつら選びを始めてくれた。あれでもないこれでもないと何度も試着し、そのつど写真と見比べ、「これよ。これでメイクさえすればお姉さんそっくりよ」と彼女が選んだかつらは、商品棚から選ばれたというよりは、姉さんそのものが天から舞い降りてぼくに憑依《ひょうい》したかのようだった。

そのかつらが包装され、ぼくに手渡される。そこまで見届け、彼女は「じゃあお幸せに」と立ち去った。

代金を払い、ぼくは急いで彼女を追った。地上に出る階段の途中で彼女に追いつき、「あの」と声をかけた。彼女は振り返り、柔らかな笑みを浮かべた。「あら、どうかした?」

ぼくは大きく息を吸い、勇気を振り絞った。

「あの、化粧を教えてもらえませんか?」

彼女は怪訝そうにぼくを見返し、しばらく迷っている様子だったが、「おいで」と手招きした。もう引き返せない。どうにでもなれだ。彼女は悪い人に見えないし、悪い人だとしても他に頼れる人はいない。ぼくは中学生なのだ。いくらなんでも、裏社会にいきなり放り込まれることはないだろう。

ゲイの人と関わるのも、歌舞伎町を歩くのも初めての経験だ。路地から路地へ曲がるたび、ぼくが知っている日本とは違う世界に入っていくようだ。風俗店の看板の匂うような色彩が、あっちからこっちから飛び込んで脳を刺激する。客引きの凶暴な笑顔や、風俗嬢の胸の谷間や、臍《へそ》ピアスや太股のタトゥーが目まぐるしく行き交う。怖かった。でもそれ以上に、剝き出しで自分を生きてる人ってスゲエと思った。

「ここもいずれロックダウンね。欧米で起きたことが日本では起こらないなんて、甘い考えは捨てるべきよ」彼女は厳しい目をして、口元だけで微笑んだ。

「歌舞伎町が?」緊張で声がうわずった。

「歌舞伎町だけじゃない。新宿も渋谷も原宿も、人が集まる場所は封鎖しないと意味がないでしょ。東京がゴーストタウンになるなんて想像できないけど、人っこ一人いないパリやヴェネツィアが現実に存在してるのよ。原発事故が起きたときの福島を思い出して。福島で起きたことが地球規模で起きてる。街から人影が消えて、見えない敵に怯えて、家に籠もって、外出するときはマスクをして。そっくりでしょ。歴史は繰り返すのよ、手を替え品を替え何度でも。そのたび差別と偏見も甦る」

「お姉さん、もしかして福島の人ですか」

「わたしは違う。仲間を助けに福島に行ったのよ。ああいう非常時にはゲイって身の置き所をなくすの。男か女かはっきりしないと自衛隊のお風呂にも入れないんだから。避難所で大人しくしていても、子どもの教育によくないとか白い目で見られたり。世間って怖いわよ。ふだんは隠し持ってるネガティブな感情が非常時には牙を剝くの。これからきっと、世界中で同じことが起こる。差別。分断。貧困。自殺。みんな福島が経験したこと」

彼女は自分の店にぼくを案内した。一階がやきとり屋の古びた雑居ビル。やきとり屋の横にある小さな入り口から暗い階段を上れば、陰気くさい廊下にバーの看板が並んで、そのひとつがゲイバー「雷舞」だった。彼女は雷舞のオーナーで、名前は店名と同じ「ライム」だ。

開店前の店内は空気が重く、濡れたモップの匂いがした。刑事ドラマによく出てくる、ほどよくうらぶれた酒場。ライムさんはカウンターに入り、冷蔵庫を開けてぼくのためにコーラを注ぎ、空調機が唸る中で煙草に火を点けた。ぼくはスツールに腰かけ、不安で押し潰されそうになりながら、コーラに口をつけた。

「固くならないで、ここは風俗店じゃないから。お客さんで多いのは仕事上がりのキャバ嬢やホステスかな。ここで憂さ晴らしをして帰っていくの。憂さの吹きだまりみたいな店。そういう場所が必要なのよ、人間がいる限り、どんな世界にも」

名前を訊かれて、「双葉」と嘘をついた。山崎双葉。それがぼくの名前だ。

「双葉君ね。きれいな名前。いくつになっても年をとらない名前よね」

「年をとらない名前って、ありますか？」

「きれいに年をとりそうな名前って意味。誰だって生きてれば年をとるけど、きれいに年をとれる人はなかなかいない」

「長生きなんか、したいと思わない」

ぼくはカウンターに落ちた水滴で指先を濡らし、スーッと横に線を引いた。

「そう思うのは双葉君が若いからよ。きれいなうちに死にたいと思うより、年をとってもきれいでいたいって思いなさい」

ライムさんは化粧ケースを開き、中身をカウンターに並べていった。口紅だけで十色はある。ぼくと写真を見比べ、真剣な目つきで化粧品を選んでいる。初対面の子どもに、なぜそう熱心なのか、ぼくは空恐ろしくなった。

「あの、断っておくと、ぼくはゲイじゃないし女装趣味もないですから」

「わかってる。双葉君にそういう匂いはしない」

ライムさんはぼくの髪に鼻を寄せた。「そうだとしても未成年者はスカウトしない。でも理由くらいは知りたいな。どうしてお姉さんのようになりたいの？　この写真、少し古いよね。ほら、うしろの民主党のポスター、菅直人が総理だった時代でしょ」

「死んだんです」

「ご病気？　腺病質の子に見えるけど」

「せんびょうしつって？」

「神経過敏で身体の弱い子のこと」

身体が弱い。確かに。弱いのは身体だけじゃない。脳に傷がある。じへいしょう、と心の中で呟く。言葉を話すこともできなかった。

「海で溺れたんです」

また、嘘をついた。

「もしかして双葉君、福島の子？　福島県の海沿いに同じ名前の町があるわよね。原発があって、津波の被害もひどかった町」

「双葉町。生まれた町の名前をもらったんです。立入り禁止だったのが解除されたから、姉が死んだ海を見に行こうと思って。姉そっくりになれば姉の心に近づけそうで。悪趣味ですか？」

「どうしてそう思うの？　むしろ純粋すぎるくらい」そこまで言って、「あら、やだ、泣けてきちゃった」と薬指で目尻を拭った。「じゃあしっかり変身しなくちゃ」

親切な人を嘘で泣かすのは気が咎めた。けれどぼくの嘘はまるきりの嘘じゃない。

「双葉君、スマホは持ってる？　録画しておけば、一人でメイクするとき役立つけど」

ぼくはカウンターの上にスマホを立てかけ録画を始めた。ライムさんはぬっと首を突き出し、スマホに向かって話し始めた。

「はぁい、ライムでーす。これから双葉君が、なんと、生まれて初めてメイクしまーす」


多目的トイレに籠もり、長い時間をかけて化粧していく。洗面台に並べた化粧品はどれもライムさんのプレゼントだ。彼女の親切は常識を超えていた。超えすぎた善意は悪意に似てくる。うまく言えないけど、ぼくの顔に化粧を乗せていく彼女の指先に、残酷な意思が潜んでいるようで怖かったのだ。

でもぼくはいま、彼女の指をなぞるようにして自分の顔に「死んだ姉」を描いている。中学生男子のぼやけた顔が、色艶も影も濃くして目鼻をくっきり浮き立たせていく。最後にかつらを被りブラシで梳かして整える。動画では「完璧ね」とライムさんが微笑んでいる。

完璧？　その言葉に背中がざわついた。自分が境界線を越えて、あちら側の人間に属してしまった気がした。

スマホで自撮りし、画像をライムさんに送った。すぐに彼女からメールの返信があった。

「上手よ。👏がんばってね」

セーラーブラウスの上にスタジャンを羽織り、ベースボールキャップを被る。女の子向けのピンクのシューズが足を締めつけた。

着てきた服をスーツケースにしまい、多機能トイレを出た。エレベーターでホームに下りるとさっきの若い駅員と目が合った。駅員は見てはいけないものを見たように視線をそらした。それでもぼくは堂々としていられた。開き直りとは違う。ただぼくは、ぼくという人間が周囲から切り離され、内側に向かってぎゅっと引き締まる感じがしたのだ。

雲も山も、駅も線路も、目の前に迫ってくる特急電車も、とてもクリアだった。電車の巻き起こす風がスカートの裾を広げ、脚の間をすり抜けていく。下半身が無防備になったみたいで心細い。スカートって、なんて頼りない衣装なんだろう。

電車に乗り、スーツケースを引いて通路を歩く。背筋をしゃんと伸ばして、しっかり顔を上げて。ライムさんが街を歩いていたように。自分に言い聞かせる。席についてからは車窓の風景ばかり見ていた。電車は富岡駅、大野駅と停車していく。駅と駅の間は帰還困難区域だ。荒れて草ぼうぼうの田畑に送電線の鉄塔が並んでいる。鉄塔は無言の巨神兵だ。海の方角へと鉄塔がケーブルを繋いでいく。その先に東京電力福島第一原子力発電所がある。

十一時十分、双葉駅着。

ホームに立つと、金網塀の向こうは赤土が剝き出した工事現場。ぼくの記憶によれば、駅の西側は小さな家がぽつんぽつんとある寂しい場所だった。いまはもう面影もない。土を盛られて地ならしされて、土地の記憶は消し去られた。ショベルカーがたった一台、のっそりと働いて、いつ工事を終えるつもりか知らないけど、いずれここに新しい街を造るらしい。

ぼくの家はこの先にあって、駅から遠くはないのに避難指示は解除されない。駅の西側はほとんどそうだ。それでも「復興オリンピック」の聖火リレーは工事現場をスタートして、線路沿いを走り踏切を渡って、反対側の駅前広場にゴールする予定だった。

その駅前広場は、ぼくが知っている駅前とまるで違った。駅を囲んでいた店や家がみんな取り壊されて、空間がやけに広くなって、まるでがらんどうだ。地上ばかりか空までがらんどうだ。ぼくの知ってる駅前はどこに消えたのだろう。同じ場所が同じに思えない。駅前のお店でラムネを飲んだ。かき氷を食べた。食堂のカレーライス。高校生がぞろぞろ歩く朝の道。同じ道を夕方には、高校生が懸命に駅へ走る。ホームに滑り込む電車との駆けくらべ。そんな記憶の断片が紙屑みたいに散らかってまとまらない。

同じ電車を下りた人たちは駅を出ると思い思いの方向へ去っていった。その中に黒部アキラらしき人はいなかった。広場に警備員が四、五人立っている。気の毒なくらい、することがなさそうだ。

振り向くと駅舎の壁に時計があり、二時四七分から先に動かない。その下にからくり時計の銀色の扉。昔は時報のメロディと共に扉が開いた。機械仕掛けの人形が動き出した。カラフルなおもちゃの鼓笛隊。この小さな魔法にぼくはわくわくした。なのに姉さんは怖いのだ。愉快な人形がなぜか怖くてたまらないのだ。耳を塞いで体をくの字に曲げ、「アッアッアッ」と声を絞り出す。姉さんは言葉を話せないから、言葉にできないものを訴えたくて顔が紅潮してゆく。爆発したら手に負えなくなる。道路に飛び出して事故に遭うかもしれない。そうなる前に両親は姉さんをからくり時計から引き離した。姉さんは謎だらけの人だ。どの家のどんな家族にもぼくの姉さんのような人はいない。幼稚園の友だちは姉さんのことでぼくをばかにした。変わった姉さんがいるというだけでぼくは仲間外れにされた。

いまはもう銀色の扉は開かない。開かなくていい。開いたって哀しくなるだけだ。奪われた故郷を懐かしめる人は幸せだ。そうじゃない人もいるんだってことを誰も考えない。マスコミは知らんぷりをする。マスコミが取り上げなきゃいないのと同じだ。

時計の針が差し示す二時四七分、ぼくは幼稚園にいた。テーブルの下に潜り込むなんて無理だった。テーブルが猛獣のように暴れて逆に危険だった。先生だけが頼りだった。みんなが床を這い、押し合いへし合い、揉みくちゃになりながら先生にしがみつこうとした。でも先生は一人で、十数人の園児を抱えきれない。いまにも落ちてきそうな天井の下で、先生は「だいじょうぶ、だいじょうぶ」と叫んでばかりいた。

揺れが収まっているすきに園庭へ駆け出す。走っている間にまた揺れ出してしゃがみ込む。幼稚園バスに逃げ込んで家族の迎えを待った。先生は必死になって、ありったけの笑顔を振りまいた。笑顔が世界を救うみたいに。大きな揺れは何度も襲いかかり、バスは荒海に漂う船のようで、ぼくらはそのたび悲鳴を上げたり泣いたりした。

先生は見え透いた嘘でぼくらを安心させようとした。

「さあみんな、このバスはアンパンマン号に変身だ。いざとなったら空に飛び出すぞ」

そして、みんなでアンパンマンマーチを歌った。

「そうだ、うれしいんだいきるよろこび
たとえむねのきずがいたんでも」

いまもぼくは、あのときの歌を口ずさむ。

「そうだ、怖れないで、みんなのために。愛と、勇気だけが、友だちさ」

けれど、どう考えたってアンパンマンのいちばんの友だちは、ばいきんまんだ。

あの日、家族の迎えがなかなか来ない園児を、先生が手分けして家まで送った。ぼくはその園児の一人だった。郵便局員の父さんはその日の配達を最後まで終えようと必死で、母さんは施設へ姉さんを迎えに行こうとして渋滞につかまっていた。

ぼくが双葉町で生きていたのはたった五年。どんな思い出も姉さんにくっついている。逆に言えば、五歳までの記憶がこんなにもくっきりしているのは、姉さんの存在があまりに強烈だったからだ。父さんも母さんも姉さんにかかりっきりで、ぼくはあとまわしにされた。あの震災の日だってそうだったのだ。先生の車で家に帰る途中、潰れた家や道路の地割れや浮き上がったマンホールをいくつも目にした。世界ぜんたい壊れたんだと思い込んでいた。自分の家がそっくりそのまま残っていたことが、逆に不思議だった。

駅前広場に配置された警備員の中には茶髪の女の人もいて、怪訝《けげん》そうにぼくを見ていた。ぼくが見返しても目をそらさなかった。警戒するというより、世界の不思議に出会ったような目つきだ。ぼくはトイレを目指し、男子用に入ろうか女子用に入ろうか迷い、女子トイレを選んだ。ちらと振り返ると、あの警備員はしつこくぼくを見ていた。

スカートをたくし上げパンツを下ろし便座に座る。ぼくの股間にはペニスがありその先から小便は出る。なんの不思議もない。あの警備員を呼んで見せたっていい。ぼくは女の子になりたいわけじゃない。ぼくはぼくの体で姉さんになりたい。それだけだ。

おととしのことだ。許可証をもらって母さんは双葉町の家に入り、トランク一個分のなにかを東京の家に持ち帰った。トランクの中身を母さんは教えてくれなかった。蓋に鍵をかけ「線量が高いから」と触るのも禁じた。でも、本当はそれほど高くはなかったのだろう。母さんは自分のベッドの下にそれを置いていたのだから。それでもトランクは毎日毎夜、母さんの体に微量の放射線を浴びせていたはずで、母さんも自分の細胞が少しずつ傷つくのを感じていたと思う。

十四歳の誕生日、つまりひと月前のこと。母さんの留守中にぼくはトランクを開けた。トランクのキーはサクマドロップの缶の中に、六個の古いキーと一緒に隠されていた。たまたまドロップ缶を手にしたとき、金属の鳴る音がしてピンときたのだ。キーを一個一個トランクの鍵穴に差していったら、案の定、合致するキーがあり蓋がぱかっと開いた。

トランクの中身は姉さんの衣服と写真、髪の毛が絡まったヘアブラシ、化粧水やマグカップ、色鉛筆や汚れたウサギのぬいぐるみだった。父さんの遺品はひとつもなかった。

いちばん上に折り畳まれていたのは、姉さんが十四歳の誕生日に買ってもらったおしゃれ着、セーラーブラウスとキルトスカート。記念写真を撮影するため、たった一度着ただけの服。ぼくは姉さんの服を鼻に当ててた。放射能のことは考えなかった。洗剤とは違うフルーティーな匂いがした。姉さんが精神安定のために使っていた芳香剤の香りだ。

ぼくも十四歳になり、姉さんの死んだ歳に追いついた。でも十四歳を過ぎれば、姉さんの歳を追い越しどんどん引き離していく。姉さんとぼくが重なり合うのはいまだけ。ぼくは姉さんの服を広げて自分の体に当て、姿見の前に立った。写真の姉さんと見比べ「そっくりだ」と自覚した。芳香の中に姉さんは生きていた。姉さんの服は姉さんそのものだ。この服を着れば、姉さんがぼくに憑依する。そう信じた。

けれど、いまこの服を着るべきではない。この服を着るには、それにふさわしい時と場所があるはずだ。ヒントを与えたのが、黒部アキラの『爆心地ランナー』であり、彼のＳＮＳだった。「聖火リレーの日に爆心地へ集合せよ」という彼の呼びかけにぼくは応じた。聖火リレーが延期になっても、ぼくはぼくの計画を延期しなかった。生まれ故郷への旅は、ぼく自身の「爆心地」を探す旅にもなったのだ。

駅にコインロッカーはなかったので仕方なく、小型のスーツケースを引いて歩いた。線路沿いの道を北へ。それは聖火リレーのコースの一部だ。踏切を渡れば復興拠点だけど、ぼくは逆方向に進路を変えた。少し歩けば商店街の端に出る。『爆心地ランナー』の男が真夜中に走り抜けた双葉の商店街だ。

廃墟の家並みが左右から漆黒の崖となって迫り上がる。男の頭上で夜空がせばまる。いくつもの星が光を放って流れていく。流れ落ちる先で閃光が炸裂する。男は走りながら形を崩し、修羅の化身となって三つの顔が入れ替わり立ち替わり、泣き叫んだかと思えば怒りに燃え、ゲラゲラ笑い、皮膚が裂けて炎を噴き、赤光に包まれ焼け爛《ただ》れ、頭の瘤《こぶ》がむくむく盛り上がって角が生え、眉間が広がり鼻筋が伸び、牛頭天王《ごずてんのう》と化して海を目指す。

でも実際、交差点に立って商店街を目の前にすると、魂が抜けたようになにも思えなかった。空は青く、降り注ぐ光は淡く、アスファルトの道が白く乾いていた。荒れ果てた街が平和に広がって、道に人影がない。このリアルさの上に、つけ足すものはなにもなかった。

黒部アキラはなんでも大袈裟に書きたがるのだ。たとえば、「原発被災地は時間が止まってる、なんて嘘だ。逆だ。むしろ未来だ。日本という国が砂の城のように少しずつ崩れ衰退していく、その滅びの姿を先取りしているんだ」とか。

ライムさんは同じことを逆に言った。

「これから人類は、自分がしでかした罪の重さに抵抗しながら生きていくの。復興なんて嘘。すべては抵抗なのよ。少しでも抵抗して滅びを先延ばしする。抵抗こそ希望よ。福島の人たちを世界中がもっと注目すべきだと思うな。世界の未来が福島にあるんだから」

ぼくのうしろでスーツケースのキャスターがカタカタ音を立てた。キャスターが路面の亀裂に突っかかり飛び跳ねても、ぼくは足取りを乱さなかった。姿勢を正し、しゃんしゃんと歩いた。

お寺の山門は扉が倒れ、枯れ草ばかりの庭に黒ずんだ車が、蛙の死体みたいだ。ミニスーパーはこじ開けられたシャッターがいまにもばらけそうに垂れ下がって。消防署の望楼は窓が割れ、車庫のシャッターはいまにも弾け飛びそうに彎曲《わんきょく》して。隙間から覗くと消防車は出払ったままで、もぬけのから。薄闇の壁に銀の耐火服が吊り下がっていた。ガソリンスタンドの天井から宙吊りのノズル。奥にがらんどうのサービスルーム。埃がこびりついた花屋のショーウインドウ。花筒に干涸らびた花束。触れただけで壊れそうなカサカサの花びら。

一区画を歩いただけで、腹の奥が差し込むように痛んできた。交差点に立つと、右手に駅の建物が見える。その横に「たい焼き」の看板。あの店で父さんとたい焼きを食べたっけ。まわりは高校生がいっぱいで、それは父さんが卒業したのと同じF高校だから、ぼくもそこへ行くものと漠然と考えていた。父さんの自慢は陸上部で長距離の選手だったこと。県大会で表彰台に上ったんだ。なのにぼくの運動神経は並み以下だ。ボールを投げれば「女投げ」とからかわれる。リズムダンスの授業ではいつもグループのお荷物だ。

姉さんと同じ血がぼくに流れている。イメージどおりに体を動かせない。姉さんがボタンも自分ではめられなかったのと同じだ。そんなぼくが卓球部に入ったのはお門違いだった。ラリーの練習をしても十回と続かないから、みんなぼくと組むのを嫌がった。卓球台の角に顔をぶつけて鼻血が流れた。鼻血は卓球台のコートにもこぼれて、みんな「卓球台を血で汚した」と怒った。ぼくは体育館の隅で仰向けになり、血に染まった手のひらを見ていた。

姉さんが初潮を迎えたのは十四歳になる数日前だった。ドスンと音がして廊下に出てみたら姉さんがうつ伏せに倒れていた。うめき声を上げながら体をくねらせ、のたうちながらスカートの中に手を入れ、なぜかパンツを脱ぎ始めた。びっくりしたのは、姉さんの両手もパンツも血で染まっていたからだ。ぼくは大声で母さんを呼んだ。「ミィちゃんが死んじゃう」と。

あれは初潮だったと知ったのは、小学校の高学年になってからだ。

交差点の赤信号を見上げていた。それから自分の右手を目の前に広げ、経血に染まった手のひらを想像した。下腹部の差し込みがぐっと強くなった。

信号の変わりぎわ、駅の方角から走ってきた軽トラックが目の前を通過していった。荷台に等身大の黒牛の模型を積んでいた。

牛？　なぜ牛の模型なんか？　焼き肉店の広告車じゃない。農業用トラックだ。アキラだろうか。いや、運転していたのは色黒でいかつい顔のおっさんだ。

横断歩道を渡ると薬局があった。子ゾウのフィギュアが店頭に立ち、傷だらけの顔で愛嬌《あいきょう》を振りまいていた。名前はサトちゃん、だっけ。日本でいちばん寂しいサトちゃんだ。

アルミサッシのガラスが割れていた。鋭く亀裂の入ったガラスに姉さんの顔をしたぼくが映っていた。いや、姉さんがぼくの顔を借りて映っているのだ。背中の毛穴がぶわっと広がり、冷たい汗が染み出してきた。

店内はめちゃくちゃだ。棚という棚は引き抜かれ、ファイルは投げ出されて書類が散らばり、ドリンク剤の空き瓶が大量に転がっていた。誰かが踏み荒らした。手当たり次第に薬を盗んだ。そうとしか思えない。盗んだ薬でなにをしたのか考えると混乱した。とてつもなく邪悪な想像が頭を掻き乱した。生臭い匂いが鼻の奥を突き上げる。ドス黒い欲望はぼくにだってあるのだ。

心臓がギュッと縮んだ。潰れた心臓から血が噴き出る生々しい感覚があった。ぼくはブラウスの襟を握りしめた。股から血が流れているような気がしてならなかった。

歩き出すと動悸《どうき》が激しくなった。血管がドクンドクン音を立て、脈動が地面まで揺さぶった。めまいがして空が揺れる。地面が近づいたり遠ざかったりする。スーツケースを引っ張る腕が肩から抜けそうだ。

「ミィちゃん、ミィちゃん」

姉さんを呼んだ。金切り声で叫びだしたい衝動で喉が膨らんだ。パニックになったミィちゃんの声で叫びたい。ぼくの肌に触れてこすれるミィちゃんのキャミソールが、ブラウスが、スカートが叫びたがっている。

崩れたお寺の山門としだれ桜。神社の空に日の丸の旗。春物セーターが黴びて黒ずんだ洋品店。埃まみれの造花。一階を押し潰して倒壊した家。折れ曲がった道路標識。違う角度で傾く電柱たち。傷ついた街がぼくの傷になる。みんな叫びたがっている。

「ミィちゃん、ミィちゃん」

ミィちゃんは言葉が話せない。泣くか、笑うか、怒るか、叫ぶかがミィちゃんの言葉だ。避難所で共同生活なんて最初から無理だったんだ。みんながぼくら家族を追い払おうとした。口では同情しても目は険しかった。

「ほらほら、坊やには救急車のおもちゃ。お姉さんには羊のお人形」

気味の悪い猫撫で声でぼくらを脅した。

だからミィちゃんを殺したのは父さんじゃない。教えて。本当はなにがあったのか。

「ミィちゃん。ミィちゃん」

ミィちゃんを殺したのは父さんじゃないよね。ミィちゃんは言葉がないからぼくがミィちゃんになるよ。ぼくの体にミィちゃんを呼ぶ。でもミィちゃんがこんなに苦しかったなんて知らなかった。苦しくて苦しくて、叫ばないと体が壊れそうにつらかったなんて。

破壊されたシャッター。隙間から溢れてくる店内の闇、顔の見えない悪意。街のいたるところ、ぼくの首を絞めようと身を潜める人影がある。ひんやりした感触が首筋を撫で上げる。いまにも吐きそうだ。

叫べ。叫べば楽になるから。

『爆心地ランナー』にもあったじゃないか。

「叫べ。叫べ。すべての死者の声を叫べ」

叫びだしたい衝動を抑え、商店街を抜けると広い道路に出た。斜向かいにF高校を示す矢印の看板。『爆心地ランナー』に書いてあったとおりだ。ストーリーは支離滅裂なのに街並みの描写は現実に忠実だ。矢印に従って横道に入ればその先に通用門と校舎が見えてくる。原発事故のために閉鎖された校舎だ。

門の横に病気で歪んだ松の樹がある。アキラがブログに書いていたのはこの松だ。

「針葉は枯れて抜け落ちた。まるで根っ子みたいに黒い枝々がねじくれ、ひん曲がり、絡まり合い、原発から吹いてくる風にさらされ、悶絶して断末魔の叫びを上げていた。かろうじてしがみついている松ぼっくりが気の毒なくらいだ」

ぼくはきっと、松ぼっくりのひとつなのだろう。

死にてえ。と声が聞こえた。

「死にてえ、死にてえ死にてえ死にてえ」

そして不思議なことだが、松の樹を見上げているうち動悸は鎮まっていった。

校舎はどこも壊れていない。一階の窓という窓をベニヤ板で塞いでいるのは、外部からなにかを守るためだろうけど、逆に、なにかを内側に封じ込めているようにも見える。

校舎の反対側に回ると校庭の隅にモニタリングポストがある。表示板の放射線量は０・１９８。でも、こんなのはただの数字だ。

校舎の壁にもたれ、スカートを抱えてしゃがんだ。じっとしていると動悸は収まり、腹痛も消えて体が楽になった。汗が冷えて、下着がひんやりと肌に貼りつく。

校庭は一面に新しい土が盛ってあって、膝くらいの高さに木や草が伸びている。やっぱり人影はない。卒業生の一人か二人、いてもよさそうなのに。無人の校庭を見ていると、ぼくが通う東京の中学校の、パイプ椅子がずらっと並んだ校庭を思い出す。新型コロナウイルスの感染対策で、卒業式を校庭で実施しようと先生たちが総力をあげて並べたのだけれど、結局、卒業式は見送られ椅子だけが残ったのだ。

世界が静かに壊れていく。「福島で起きたことが世界規模で繰り返される」と言ったライムさんをぼくは信じる。これから世界中の学校に、差別といじめと自殺がウイルスのように感染していくのだ。

「オリンピックはいらない。オリンピックなんか止めろ。延期ではなく中止だ！」

拡声器をとおした声が聞こえてきた。無人の街でも叫ぶ人は叫ぶんだ。でも、誰がどこから叫んでいるのだ。さっきの、牛の模型を積んだトラックのおっさんだろうか。車の速度で声は移動していく。

「放射能はまだ残っている。安全ではない。真実を隠すな。オリンピックは中止だ！」

声が遠のき消えてから、ぼくはアンパンマンマーチを口ずさんだ。

「愛と、勇気だけが、友だちさ」

でも、正義のヒーローって、なんて孤独で寂しいんだろう。

寒気がする。スカートの下から入り込む風が下半身を冷やしていく。ぼくは両腕で膝を抱きしめた。海の方角から吹きつける風に土埃が舞う。校庭に生えた草や木がざわめく。高校生らの声が地面からわっと沸き立つ。

父さんもここを走り回った。ぼくも父さんを追いかけて走りたい。前を走る父さんの背中を捕まえてこう問い質すんだ。

どうして自殺なんかしたんだって。

どうしてぼくを置いていったんだ。生きてたってろくなことはないよ。小学校でも中学校でもぼくは人殺しの子だ。ぼくの顔写真をブログに貼って噂を広げたやつがいたんだ。「要注意！」って。

「あいつ、おとなしそうにしてるけど人殺しの子だかんな。気をつけろよ、いつ本性見せるかわかんねえからな」

「〇〇君のシャーペン盗んだのあいつだぜ。あいつ転校してきてからだもん、教室のものなくなるの」

死ねばいいんだろ！　そう言ってやりたかった。おまえらの名前全員書いた遺書、ＳＮＳではらまいてテレビ局にも送って死んでやる。しらばっくれても無駄なように証拠を残して死ぬんだからな。後悔しろよ。おまえらの人生に一生消えない傷をつけてやる。

でも死なない。死んだら死んだで新しい噂が生まれるだけだ。「やっぱり人殺しの子だ。人に迷惑かけて死んでいった」って。

ぼくは立ち上がり校庭を走った。砂を蹴って、雑草だらけの校庭を、スカートを膝で破く勢いで。さっきの不調はなんだったんだ。自分の体が自分じゃないみたいだ。セミロングのかつらが背中で踊った。ミィちゃんが背中を叩いた。もっと走れと焚きつける。もっと、もっと、もっと。心臓が破れるまで。

ぼくはミィちゃんが好きだ。本当だ。赤ちゃんみたいな姉さんだけど、やっぱりぼくの姉さんなんだ。ミィちゃんの部屋にはぬいぐるみやお人形がいっぱいあって、ぼくはいつもミィちゃんと遊んだ。ミィちゃんは姉さんだからやさしかった。本当だ。不器用な手でぼくの頭を撫でてくれた。ふだんのミィちゃんはおとなしくて、お人形みたいにかわいくて、畳の上にちょこんと座ってにこにこしてる。でもときどきパニックを起こして一キロ四方にも届くような声で叫びだす。だから父さんも母さんもミィちゃんにかかりきりだった。ぼくはいつも放っておかれた。すごくわがままで、怖がりで、いつもの蒲団、いつものパジャマ、いつもの香り、いつもの人形に満たされてないと眠れない。不安が叫びとなって夜に爆発する。ぼくは毎晩祈った。今日はぐっすり眠れますように。真夜中にミィちゃんが目覚めませんように。

校庭を出て川の土手道を走った。スーツケースのことは頭になかった。国道六号線を突っ切って海へと続く道をひたすら走った。

爆心地ランナーだ。ぼくが、ぼくの体が爆心地だ。そこが、どこであろうと、ぼくが、ぼくそのものが爆心地なんだ。

大型のダンプカーが何台も連なって走り抜ける。病院があり、駐車場には置きっぱなしの自動車が並び、黒い袋を積み上げた廃棄物置き場があり、屋根の崩れた農家がある。父さんも走った道だ。毎日のように海まで走ったんだ。同じ道をぼくが走る。津波が押し寄せた土地。たくさんの人が津波に呑まれ死んでいった土地。いまは痕跡もない。家も田畑も草木もない。ブルドーザーがきれいにならしてのっぺらぼうの大地に変えた。これが復興だなんて信じない。誰かの金儲けのために土地を潰してるだけじゃないか。土を割って次々と死者が蘇る。立ち上がりぼくと走り出す。ぼくは牛だ。汗で黒光りする牛だ。

ここからが最終章だ。灼熱の牛頭天王が黒牛になる。どこからか降って湧いたように裸の少女が背中に乗る。爆走に拍車がかかる。

ミィちゃんは震災がわからなかった。原発が爆発したことも、家に帰れないことも、放射能の怖さも理解できなかった。知らない人でいっぱいの体育館が怖くて怖くて、だから泣き続けた。睡眠薬をいくら飲んでも効かなかった。特別に個室を与えられたけど体育用具室だ。ミィちゃんは泣き止まなかった。

あんたらのせいで頭がおかしくなっちまう。頼むからその子を連れてよそに移ってくれと迫られて、仕方なしに父さんはミィちゃんと自動車で暮らした。どこに相談しても施設は見つからなかった。親戚の家に泊まってても長居はできなくて、人のいないところ人のいないところと移動して、そんな生活を何日も続けて、とうとう連絡が途絶えてしまった。

母さんの携帯に父さんが電話をかけてきたのはその年の七月だ。ミィちゃんが死んだ。車に置いて買い物に出かけ、帰ったときは息がなかった。熱中症。かけていたはずのクーラーが切れていたんだ。理由はともかくおれが殺したも同然だ。警察は呼ばない。死んで詫びるから。ミィちゃんはもう海に沈めた。おれもこれから海に入る。あとをよろしく。

数日後、双葉の海岸でミィちゃんの遺体が発見された。車は警戒区域に近い路上に駐《と》めてあった。父さんは人の目を盗んで警戒区域に侵入し、故郷の海にミィちゃんを沈めたんだ。父さんの遺体は見つからなかった。そのせいで噂が流れた。噂はネット上でも広がった。父さんは生きている。娘を殺して自分は死にきれず、どこかをさまよっていると。

ぼくは信じなかった。殺すはずがない。だって、どんなにミィちゃんが叫んでも絶対に父さんはミィちゃんの口を塞がなかったんだ。タオルで口を塞ごうとしたぼくを叱り飛ばしたくらいだ。

父さんの遺体が見つかったのは二年後の九月。ぼくと母さんは仮設住宅にいた。夜、警察からの電話を母さんが受けた。テレビは東京オリンピック開催決定に沸いていた。母さんが振り返り、テレビを消せと眉を吊り上げたが、ぼくは音声だけを消した。なにも知らないまま、遠い世界の出来事に興奮し、テレビの中の人といっしょに喜んでいた。

父さんは死んでいた。自分だけ生き延びてはいなかった。それでも父さんが娘を殺したという噂は消えなかった。噂というか、伝説だ。伝説が独り歩きして勝手に物語を膨らますのだ。誰かがネットに書き込んだ、えげつない、胸が悪くなるような噂も生まれた。ぼくは中学生になっていた。上級生が廊下でぼくをつかまえ、ネット上に流れている噂を耳打ちし、せせら笑った。

建築中のビルが見えてくる。オリンピックに合わせて造ろうとしたなにかだろう。出入り口に警備員がいる。ぼくは速度を落とさず警備員の前を走り抜ける。声が聞こえたが耳を貸さなかった。海岸は目の前だ。津波で流された農機具や自動車なんかの瓦礫が道路の脇に、土塁みたいに積まれていた。九年間も放置されていたなんて。鉄が裂けて、歪んで、叫びたがっている。叫べ！　ぼくは呼びかける。叫べ！　叫べ！

防潮堤は未完成で土の肌が光っていた。松林はこんなに貧弱だったっけ。昔は野ウサギが飛び跳ねたのに。三階建ての三角の建物はマリンハウスだ。白い壁に黒い窓。ぼくもここでシャワーを浴び、ジュースを買い、小便をした。こんな海際で津波に耐え、ぼろぼろになりながら生き延びていたなんて。

防潮堤の階段を駆け上る。いきなり海が目の前に広がる。海水浴場だった砂浜に津波の残骸が散らかっている。ぼくは止まらない。防潮堤の上を走る。突き当たりは断崖だ。立入禁止のロープなんて知ったものか。ぼくは砂浜に飛び降り、ぎりぎりまで走る。すると、断崖の向こうから福島第一原発が姿を現した。壊れた原子炉建屋をカバーで覆って。潮風に吹かれて、まったりと光を浴びて。

ミィちゃんの遺体が見つかったのはこの砂浜だ。父さんの遺体は断崖の奥、岩場の下で白骨になって隠れていた。かろうじて残っていた服の切れ端から、父さんだと判明した。

ぼくは砂浜に突っ伏した。膝を突き、額を砂にくっつけてゼエゼエ息をついた。全身が苦しくていまにも弾けそうだ。

黒牛は海の中へ消えていった。ミィちゃんを連れて。砂まじりの潮風が肌を逆撫でしていく。目を閉じると体が波音でいっぱいになる。吐きそうだ。波音がぼくの内臓に分け入り、揉みくちゃにして海にさらっていく。

不意に視線を感じて振り返った。マリンハウスが遠くからぼくを見ていた。いや、そんなのは錯覚だ。頭がどうかしてるんだ。窓の配置で壁が人の顔に見えるだけだ。

「嘘つき」マリンハウスがゲラゲラ笑った。黒部アキラの声で。いや、アキラの声なんて知らない。あれはぼくの声だ。「嘘つきめ、ミィちゃんがいなくなってほっとしたのは誰だ。帰ってくるなと願ったのは誰だ。死んだと聞いて、心の底で喜んでいたくせに」

シネ。と声が聞こえた。五歳児の残酷な無邪気さで。シンジャエバイイノニ。

嘘だ。だって、ぼくは泣いたんだ。ミィちゃんのお葬式でぼくは泣いたんだ。

いや違う。心の底の秘かな願いが叶ってしまって、怖くて泣いたんだ。ぼくがミィちゃんを殺したと思い込んで泣いたんだ。ごまかすな、思い出せ。ミィちゃんの死をぼくは願っていた。願いは叶った。ぼくが殺したようなものだ。ぼくこそ人殺しじゃないか。

海の底から力が盛り上がる。溢れ出る力が砕けて波になる。波は海の傷だ。何度でも傷を開き、飛沫を散らし、傷を閉じて海に帰っていく。肌寒くなり、全身が震えだした。尋常じゃない。両腕で肩を抱き背中を丸めても震えは止まらない。関節という関節がカタカタ鳴ってばらばらに砕けそうだ。

首を上げると波の向こうに原発が見えた。死ね、と原発に言われた気がした。死ね。

やべえ。また死にたくなった。

「許して！」

海の底に届けと、大声で叫んだ。

同時に、スタジャンのポケットでスマホが鳴った。ライムさんからだ。

「どう、順調？　どうしてるかなって、ちょっと気になってさ」

ライムさんの声は地上ではない、どこか別の世界から聞こえてくるようだった。

「海にいます」ぼくは正直に答えた。ライムさんの声が懐かしくて涙があふれた。

「双葉の海？　双葉君が双葉の海にいるの」

「嘘なんです。ぼく、本当の名前は蒼生です。草かんむりの蒼に生きるで、アオイです」

ライムさんが困惑している様子が電話から伝わってくる。ぼくは無理に明るい声を出した。

「ここから原発が見えるんです。目の前ですよ。ライムさんにも見せたいな。もうね、手を伸ばせば触れそうな距離ですよ」

ライムさんの声色が変わった。「ちょっと、あんたなに言ってるの。胸騒ぎがして電話したのよ。どうしてそんな危ないとこに。わかってるでしょ、早く帰りなさい。待ってるから。長生きしたかったらさっさと帰るのよ」

ライムさんの叱り飛ばす声が、ガツンとぼくの脳を叩いた。衝撃でしばらく声を失っていたが、ライムさんはなにも言わず、ぼくが話し出すのを待ってくれた。

「帰ります」涙声になった。嗚咽《おえつ》しそうなのを必死でこらえながら続けた。「帰るから、その代わり、頼みを聞いてくれますか？」

「いいわよ」ライムさんの声も震えていた。

「理由は訊かないで、これからぼくの言うことを復唱してください」

「どうぞ」ライムさんが息を呑んだ。

「父さんは人殺しじゃない」ぼくは言った。

「父さんは人殺しじゃない」ライムさんが続いた。

「ぼくは人殺しじゃない」

「ぼくは人殺しじゃない」

「だから生きなさい」

「だから生きなさい」

「生きて」

「生きて」

「生きて生きて」

「生きて生きて」

「生きて生きて生きて」

「生きて生きて生きて生きて」

ぼくが黙ってからも、ライムさんは「生きて」を繰り返した。生きて、生きて、生きて。ぼくは泣いた。ライムさんも最後は泣き声だった。理由もわからないまま、ぼくのために泣いてくれる人が、この世界にいるのだ。

「ありがとうございます」ぼくは礼を言った。

「いい。ちゃんと帰るのよ」

「はい」電話を切った。

けれどぼくは立ち上がらなかった。砂浜に顔を突っ伏し泣き続けた。泣かなくちゃ。もっと泣かなくちゃ。泣いて、泣いて、泣いて。

そして帰らなくちゃ。

挿入歌「アンパンマンのマーチ」作詞やなせたかし

こんなやみよののはらのなかを

タイトルは宮沢賢治『青森挽歌』より引用

1

なぜその本を手にしたのだろう。

本棚から引き抜くまでは無意識だった。

引き抜いて、思い出した。手にずしりとくる本の重み。それがスイッチとなり、記憶の蓋がぱかっと開いたのだ。

「あれっ」と天野君は言った。「見た目より重くね?」

そう、確かに重いね。

十年前、十七歳だった。三月初めの朝の教室。生徒はまだ半分もいない。眠たげな空気と、窓から差し込む冴えた光。窓際の列の、わたしたちの机が明るかった。

わたしは天野君に約束の本を手渡した。

『ゲド戦記Ⅰ　影との戦い』

そのとき彼が口にした最初の言葉が「重くね?」だ。

ケース入りで判型も大きい『ゲド戦記Ⅰ』は確かに重い。けれど鉄板入りってわけじゃない。見た目の予想をほんの少し裏切る重さなのだ。

「中身も重いからね」皮肉を込めてわたしは言った。「児童書だからって軽く見ないで」

「ひと文字一ミリグラムとしたら、どんだけの文字数でこの重さになるんだ」

は？　天野君の冗談はたまに笑えない。笑えない以前に意図がわからない。真顔で口にするから、ふざけてるんだか真剣なんだか判断に迷うことすらある。

「興味があるなら数えてみれば？」

「文字に重さがあったら本屋は量り売りしてたな。『走れメロス』五十グラム二百円。まいどあり、とか」

肉屋か？　『走れメロス』を薄くスライスして秤に載せるのか？

しょうもない冗談はいいから、早く本を開いてよ。人が大切にしている本を貸してあげようってのに、中身についての質問がないのはなぜ？　もし、「お気に入りの言葉」を問われたなら、わたしは冒頭の詩句を読んで聞かせたのに。

「ことばは沈黙に　光は闇に　生は死の中にこそあるものなれ」

なのに天野君ときたら、両手に本を載せて上下に揺らし、重さの微妙な違和感を確かめていた。神に捧げる儀式みたいに。宇宙で重力の実験をしているみたいに。

「どうする？　読むの、読まないの？」

「貸してくれたら」

「貸すつもりで持ってきたんだけど」

「繰り返し読んでいくうち、ひと文字ひと文字軽くなっていくかもな」

これが、十年前の会話。

変な人だったな。

高校二年の一年間を通して、彼の席はわたしの真ん前だった。席替えが一度あったのだけれど、くじ引きの結果なんたる偶然か、窓際の席になったわたしの前に、またもや彼の丸めた背中があった。それを「運命」と囃《はや》す人もいたけど、わたしは運命を物語の中でしか信じない。それに、天野君はなんというか、人柄があまり恋愛向きじゃない。

いい人だし、見た目もそこそこで成績も悪くない。なのに彼の言動は人の意表を突く。常識から微妙に外れる。だから女子の間で天野君は「惜しい人」だった。

「天野君ってさ、悪くはないんだけど、惜しいよね」というふうに。

男子の噂話をするのは昼休みの女子トイレと決まっていた。なにしろ女子トイレだ。男子の耳には入らない。中学時代は友だちのいなかったわたしが、高校生になると人並みに友だちができ、誘われれば尿意があろうとなかろうと喜んでトイレにつき合った。トイレの隅っこで友だちとかたまり、くすくす笑うのが楽しかった。

笑ったな。罪もなく笑ってた。女子トイレってある意味、女の子の残酷さが渦巻く空間だ。

恋愛に疎いわたしにはディープな男子ネタの持ち合わせがない。それでも連れション仲間になれたのは、わたしには「今日の天野君」という定番ネタがあったからだ。

「朝ね、パンをちぎって丸めて豆粒くらいにしたのをベランダの手すりに並べてんの。なにしてんのって思うじゃない。それがさ、スズメが食べにくるの期待して、授業中ずっと窓の外を見てたんだよ」

そこで爆笑。わたしの席は天野君のまうしろだから好きなだけ観察できたし、見ていて飽きなかった。そんなわたしのえげつなさを天野君は知らない。知るよしもない。

本の重さを気にする天野君の言動も、トイレで話せばきっとウケる。笑いが取れる。それは確実だったのに、話せなかった。笑い話にしちゃいけないと自分を戒める、内心の声があった。笑えば後悔するよ。のちのち胸が痛むよと。

わたしにとって『ゲド戦記Ⅰ』は特別な本だ。

十四歳の誕生日に父さんがプレゼントしてくれた。『ゲド戦記』はスタジオジブリがアニメ映画化したから、その原作本なら間違いないと踏んだのだろう。父さんは映画を観ていない。わたしは観ていた。心を病んだ王子が父親である王を殺して旅に出る話。なんてサイコパスなやつ！のっけから王子が嫌いになり、その先どんな冒険を彼が繰り広げようと感情移入できなかった。ネットの書き込みを見ても映画の評価は散々だ。そんな事情を父さんは知らない。だからプレゼントの包装を開いたときの心境は複雑で、わたしは演技力を総動員しなければならなかった。

ところが、原作は映画とぜんぜん違った。Ⅱ巻とⅢ巻、それと別巻は自分の小遣いで購入し立て続けに読んだ。全巻読了するとⅠ巻に戻り読み直した。現実逃避が目的でＳＦやファンタジーを読み漁っていたわたしが、『ゲド戦記』を通じて、世界の奥行きの深さを学んだ。偉大な魔法使いの教えが、現実を強く生きる知恵にもなった。

中学時代のわたしは学校で孤立し、家に帰れば支配欲の強い母さんに悩まされ、生きるのがしんどかった。一人になれば「死にたい」と呟く女の子だった。父さんはそんなわたしを救おうと『ゲド戦記Ⅰ』を選んだわけじゃない。それでもわたしは父さんに感謝した。父さんに救われたと感じた。

死にたいを否定しちゃいけない。死にたいわたしもわたし。否定しようとするからつらくなる。むしろ受け入れるべきだ。受け入れて、一体になって、人は強くなれる。だって「生は死の中にこそあるもの」だから。

数日前、天野君がなぜか「死にてえ」と呟いたのが、わたしが彼に『ゲド戦記Ⅰ』を渡すきっかけになった。

天野君はのほほんとしてるけど、純な人だから傷つくこともある。もっとも、天野君の悩みがどれほど深刻だったのかは知らない。わたしの過剰反応だったのかもしれない。とにかく天野君が「死にてえ」としょぼくれていたのは本当で、わたしはよく考えず「いい本があるよ」と『ゲド戦記Ⅰ』を薦めたのだった。「ためしに読んでみる？」と。

頭痛にバファリン、みたいに。

天野君は自宅謹慎が明けたばかりだ。罪状は自転車泥棒。非行とは縁のない人と信じていたから驚いたけれど、あまりにボロいから粗大ごみのリサイクル感覚で、という彼の弁明に「さもありなん」と逆に同情していた。つまりは彼の軽率さが生んだ罪なんだと。ところがその日、天野君は「中村さんにだけ」と前置きしてことの真相を明かしたのだ。わたしが女子トイレのおしゃべり女だとも知らずに。

友だちに自転車を借りてとなり町へ遊びに行ったら、警察官に呼び止められ職務質問を受けた。そこで初めて、借りた自転車が盗難車だと知ったのだ。正直に「借りた」と言えばいいものを、天野君は口ごもり、罪を認めた。なぜかって、その友だちがバドミントン部だったから。彼が補導されれば連帯責任でバドミントン部は公式戦出場辞退に追い込まれる。「そこいくとおれはなんもしてない。おれ一人の処分で済むなら、それでいいかなって」こそこそ打ち明けて力なく笑い、「ぜったい秘密だかんな」と人差し指を立てた。

なんたるお人好し。

感心するより呆れた。呆れてのけぞった。根本的に天野君は生きるのが下手な人だ。これはさすがに、女子トイレの話題にできなかった。

自宅謹慎中、天野君は三度の飯を居間の隅っこで壁に向き合い食べさせられたそうだ。山間の酪農家である天野家は、超保守的な家なのだ。

「死にてえ」と漏らした彼がいじらしく、「死にたい」が口癖だった過去の自分とも重なり、お節介を焼きたくなった。それで思いついたのが『ゲド戦記』を貸してあげることだけど、自分の愛読書を人に押しつけるのって、相手にすればありがた迷惑の典型だ。

『ゲド戦記Ⅰ』を天野君は読んでくれるだろうか。ちゃんと心に響くだろうか。本の中身より重さを気にする天野君を見て不安になった。電車かどこかに置き忘れないだろうかと心配もした。まあ、天野君の言動を女子トイレで笑っている自分を振り返れば、なにが起きたって彼を責められないけれど。

ところが、予想に反し『ゲド戦記Ⅰ』は四日後に返ってきた。「中村が薦めた理由わかった」と言って。「要するに自分を抱きしめろってことだな」

ちょっと違う、と思いながら「そうそう」とわたしはうなずいた。

「Ⅱ巻もある？」

「もちろん」

「じゃあ貸して」

「いいよ」

想定外の展開だった。

翌朝、『ゲド戦記Ⅱ　こわれた腕輪』は天野君の手に渡った。これが三月九日のこと。

開いた窓から吹き込む風がカーテンを揺らし、天野君の背中を撫でた。勘違いした天野君がこらえた。

「わたしじゃない」わたしはカーテンを指差した。天野君はぽかんと口を開け、「春風のいたずらか」と前に向き直った。わたしは声を殺して笑った。うつむき、肩を震わせ、必死で笑い声をこらえた。

三月初旬の光を吸い込み、校庭は温もりの色を見せていた。校庭の向こうに前田川が流れ、土手の桜並木は殺風景だけど、小さな蕾が開花にそなえて力をたくわえていた。この時期の蕾たちは「萌えろ、萌えろ」と呟き交わすようで楽しい。あと十日もすれば呟きは「まだか、まだか」になり、「咲くぞ、咲くぞ」に変わるのだ。

四時間目に大きな地震があった。教室が揺れ、天野君の机から鉛筆が転げ落ち、わたしの足下に転がった。わたしは拾った鉛筆で天野君の背中をつついた。振り向いた天野君は「四ページまで読んだ」と言った。「授業中に？　没収されちゃうよ」

「なに？」と振り向いた。

「あのさ」天野君はなにか言いかけたが、「天野、地震は終わりだ」と先生に注意され前に向き直った。

震源は三陸沖だった。「あのさ」に続く言葉をわたしは聞きそびれた。聞きそびれたまま十年が過ぎた。『ゲド戦記Ⅱ』は返ってこなかった。永遠に返ってこないだろう。

あれが前兆だったなんて知らなかった。わたしたちの足下で、千年に一度の地殻変動が秒読みを始めてるなんて、あのときは想像もしなかった。

※

浪江駅を出ると、懐かしの故郷とはもう呼べない、がらんとした街が目の前に広がる。二〇二一年。歴史的には、東京オリンピック開催の年として刻まれる年の三月二十四日。明日は画期的な日になるのだろう。原発事故のために避難指示が六年も続いた浪江町の中心街を、聖火が走る。大漁旗が波打つ道に白煙をなびかせて。けれどわたしが浪江に帰った理由は、それとまるで関係ない。

十年間、空き家だった実家の解体工事が十日後に迫っていた。平均的な家庭と比べたら格段に多い我が家の本たちを処分しようと、古書店に出張買取りを依頼していた。今日がその約束の日。そのためだけに東京から特急ひたちに乗って帰郷した。予想では完全な赤字だ。職場には聖火イベント関係で、と伝えてある。まったくの大嘘。

「復興五輪」がオリンピック招致の名目だった。いまではそれが「コロナ五輪」にすり替わった。「原発事故の克服を世界にアピールするため」の五輪が、「新型コロナウイルスに負けない、日本の優れた衛生管理を世界にアピールするため」の五輪に。どっちにせよゴリ押しだ。「復興五輪」なんて誰が覚えているものか。「復興」というスローガンさえ手垢に汚れ、すり切れたステッカーみたいなのに。

避難指示が解除され、住民の帰還が始まって二年になる浪江の駅前が、空き家と更地だらけのがらんどうだなんて、どれだけの人が知ってるだろう。知ったとして誰が気に留めるだろう。辛気くさい現実。いらない情報。たぶんそんなところ。

我が家も住宅街にあったのに、いまは更地の一軒家。そんな我が家の孤独もあと十日で終わる。いや、早ければ今夜。引導を渡すのはわたし。

駅から家まで誰とも会わなかった。ゴミ集積所には、それでもビニール袋の包みがひとつ。その横に、タヌキも入りそうないかつい害獣捕獲器。震災前は、タヌキが害獣だなんて知らなかった。

平賀書店の店長、平賀さんは約束の時間ぴったりに到着した。

専門書に強そうな古書店をインターネットで探し、目に止めたのがいわき市郊外にある平賀書店だ。口コミ欄を読めば、平賀さんが古本マニアの間で知られた存在だとわかる。被災地を回り、目をつけた家にチラシを撒いて、依頼があれば古文書から学術書、アイドル雑誌まで買い取る手法を「古書の救い主」と讃える人も、「ハゲタカ」と嫌う人もいる。けれどわたしが注目したのは、「遺品から故人を見透す眼力」「まるで千里眼」などの怪しげな評判の方だった。

平賀さんは予想通り独特な人だ。

フォルクスワーゲンのレトロなワゴンでやって来たのも驚きだが、その車がおんぼろなのにもっと驚いた。おんぼろなフォルクスワーゲンなんて見たことがなかったからだ。七十を超えた高齢者のわりに矍鑠《かくしゃく》として、長身で肩幅も広く、すらりと長い脚も日本人離れしている。白鬚《しろひげ》をたくわえた口元が丸見えなのはマスクをしていないからだ。

「窓を開けて風通りをよくし、人と二メートル以上の間隔を開けて静かに話せば感染はしないものです」最初の挨拶で平賀さんは理にかなった説明をし、「それでもお客様がお望みであれば」と小さな布マスクをジャケットの胸ポケットから引っ張り出した。新型コロナウィルス感染拡大の初期、マスク不足が社会問題化し、対策として政府が国民に支給した、あれだ。見た目が粗末なので総理以外は使おうとしなかった可哀想なマスクが、目の前に現れたのだからなんたる驚き。

「まだあったんですね、そのマスク」

わたしは笑い、自分のマスクも外してしまった。

土足で家に上がってもらい、まずは玄関脇の父さんの部屋に案内した。ビジネス書と歴史小説ばかりの本棚はざっと見て終了。階段を上ると母さんの部屋とわたしの部屋が並んでいる。母さんの部屋に入った平賀さんは、マニアックな蔵書にたちまち夢中になった。仕事に取り憑かれた平賀さんを置いて、わたしは自分の部屋に入った。

震災の日、床に飛び散ってしまった本たちを、余震が来ればまた崩れるからと床に置いていた。それらを本棚に戻し、ジャンルや著者やシリーズ別に整理していく。『ゲド戦記Ⅱ』の不在は、その過程で浮かび上がった。Ⅰ巻とⅢ巻の間に空いた、埋めるもののない隙間。その隙間が十年間の空白そのものに思えて、吸い込まれるように手を差し入れたものの、指に触れるものがない。むなしさに引き抜いた手がⅠ巻をつかんでいた。

「あれっ、見た目より重くね」

手にずしりとくる重みに、天野君の脳天気な声が甦った。

そうだった。Ⅱ巻は天野君に貸したきりだった。Ⅱ巻はいまどこにあるのだろう。天野君の実家がある津島地区は、同じ浪江町でも山あいの集落で、いまも放射線量が高い帰還困難区域だ。高校時代は双葉町の下宿屋から通学していた。木造の小さな家で、小屋みたいな下宿屋だ。原発マネーで潤った町、という世間一般のイメージと裏腹に、昭和から変わらない双葉町のさびれてのどかな風景はいまも目の中にある。

天野君は生きてるかな。最後に顔を見たのは震災の日の夜。あれから連絡がとれていない。高校時代の同級生みんな、散り散りになって消息不明。わたしがみんなを忘れたように、みんなもきっとわたしを忘れている。みんなの記憶の中でわたしの存在はゼロ。でもそれはおたがいさま。思い出なんか、いくら思い出したって空に浮かぶ雲のようなもの。手にさわれないものはないのと同じだ。

それでも『ゲド戦記Ⅰ』をケースから抜き取り、表紙を開いた。

「ことばは沈黙に　光は闇に　生は死の中にこそあるものなれ
飛翔せるタカの　虚空にこそ輝ける如くに」

冒頭の詩、「エアの創造」を読んでいると、ページの間からなにかが滑り落ち、足の甲を軽く叩いた。見下ろせば、白い封筒だ。

手紙？　拾い上げると、ボールペンで表に「中村明日香さま」わたしの名前だ。

ひっくり返すと、差出人は「天野誠次」

あっと口を手で押さえた。知らなかった。天野君が手紙を書いてたなんて。

手紙をはさんだならそう言えよ。気づかず本棚に戻したらそれっきりじゃないか。

「ばか」思わず声に出していた。

同時に、ノックの音がした。

「中村さん、お待たせしました」

ドアの向こうから平賀さんの声がした。「お母様の部屋がいま終わりました」

慌てて手紙を本にはさみ、ケースに入れて本棚に戻した。棚板に手をかけたまま、うつむいて大きくため息をついた。

「ばか」今度は自分を叱った。どうして胸がときめくんだ。十年前の手紙なのに。

2

母さんの本棚は大きい。まるで城壁か要塞。もしくは虚栄心と自尊心のかたまり。ひらたく言えば、見栄っぱりで自分大好きで承認欲求が強かった、母さんの性格そのもの。わたしの部屋と接する壁の全面が本棚だ。端から端まできっちり本を詰めていたから震度六強の揺れに耐え、一冊の本も落とさなかった。そんな奇跡の本棚も、いまは平賀さんに本を抜き取られ隙間だらけだ。

「すばらしい本棚ですな」平賀さんは両腕を広げ、母さんの本棚を称賛した。「警戒区域だった町にこれほどの稀少本が眠っていたとは。見事なコレクションです。お母様は高い教養の持ち主とお見受けしました」

「そう言っていただければ」語尾を濁し、わたしは母さんの仕事椅子に腰掛けた。

全国チェーンの新古書店なら見捨ててしまいそうなレア本を、平賀さんは丁寧に抜き取り、買い取り価格ごとに床に積んでいた。半分以上は外国文学の原書か愛蔵版。革装幀のアンティーク本はインテリアとして人気があるそうで高値がついてるが、ペーパーバックは二束三文だ。中には『雪国』や『金閣寺』など、日本の名作を英訳した本もある。

「念のため放射線量を測りました。問題のない値です。それでも解体業者が処分すれば、すべて放射性廃棄物ですからな」

「売れるんですか、こんなに」

古代遺跡のような古書の列柱を、疑わしそうにわたしは見下ろした。

「ネット・オークション」平賀さんは歌うような節をつけた。「顧客は日本人に限りません。世界のあらゆる都市から注文は届きます。特にパンデミック以降は、外出を制限されて自分の趣味にふける人が増えましてな。古書の需要も右肩上がりです」

ほっほっ、と平賀さんは笑い、踏み台に腰掛けた。「これらもネット・オークションで購入されたのでしょう。お母様はいま、どちらにお住まいですかな」

数秒のためらいをはさみ、わたしは答えた。

「あの、電話で説明したのですけど」

「そうでした。申し訳ありません」

平賀さんは額を平手で叩いた。「これらはお母様のご遺品でした。とんだご無礼を」

「『書物は魂を映し出す鏡』だと、ホームページに書いてました」

「あれはヴァージニア・ウルフの小説に出てくる言葉です。お母様もウルフのファンだったのでしょう。全集を二種類お持ちで」

「憧れの人でした。ポートレートを写真立てに入れて机に飾っていたくらい」

ウルフは上品で、横顔がきれいで、フェミニストでレズビアンで、パーティが好きで、鬱病をこじらせて自殺した人。

「ウルフの言葉にこんなのもありましたな。『女性が小説を書くなら自分一人の部屋を持たねばならない』と。この部屋がお母様の自分一人の部屋だったのですかな」

「一人の部屋、なのかな。取り巻きも多かったし。尊敬されたがりの人でした」

「なるほど。それで大きなテーブルがあるのですな。英会話教室ですか、ここでお茶会も開いていたのでしょう」

当たった。「母は昔、英語の先生だったんです。退職してから、ひいきにしていた教え子を集めて、ここで教室を開いたんです」

「翻訳の仕事もなさってた」

また当たった。「翻訳といっても、ほとんどは雑誌や新聞の記事か、パンフレットや取扱説明書です。小説を訳したくて東京の翻訳会社に登録したんですが、回ってくる仕事は雑文ばかりだってぼやいていました。母の夢は、表紙に作者名と並んで自分の名前が載ることで、そんな本が書店に置いてある景色を見たかったんです。それでもこんな田舎ですから、翻訳をしているだけで一目置かれて、まあ、幸せだったと思います」

「あなたもご苦労なさったのでしょう」

不意のひと言が、わたしの胸に刺さった。

「どうしてですか?」

「いや、ふと思っただけで。では、そろそろあなたの本棚も拝見させてください」

「ちょっと待って」腰を上げた平賀さんを慌てて引き止めた。「母がどんな人だったか、もっと話していただけませんか?」

「聞いてどうしますか」

平賀さんは踏み台に腰を戻し、怪訝そうにわたしを見返した。

「ホームページの書き込み欄にありました。平賀さんは、遺品の本棚に触れただけで持ち主の顔が見える人だって。現にいま、母の仕事をぴたりと当てたし」

「誤解される方もいらっしゃいますが、わたしは超能力者ではありません。職業的な勘です。それだけのことです」

「じゃあなぜ、さっき『あなたもご苦労なさった』って」

「親というものは、自分の果たせなかった夢を子に託すものです。往々にして、それが過干渉となって子どもを苦しめるものです。しかしあくまで一般論です。あなたもそうだろうと推察したまでのことです」

「母はどんな人だったと思いますか？」

「どんな人だったか。それはあなたがよくご存じのはずです。そのうえわたしの口からなにを聞きたいのですか」

「すばらしい本棚だって、平賀さんはおっしゃいました。本棚が持ち主の鏡なら、本棚の持ち主だった母もすばらしいのですか？」

　平賀さんはうつむいて右手を広げ、裏表をひっくり返してから、わたしをじろりと見返した。

「わたしは占い師ではありませんが、よく当たる占いのコツは知っています。お客様が自分にどんな言葉を期待しているか汲み取り、それを返してあげればよいのです。難しくはありませんが年期は要ります。それができたら評判の占い師になれます」

わたしは下唇を嚙んだ。

わたしが平賀さんになにを言わせようとしたか、どんな言葉を期待したのか、平賀さんは察し、暗にわたしを責めていた。

「ではあなたのお部屋へ」平賀さんは腰を上げた。廊下に出ようとして、「立ち会わなくてよろしいのですか」と振り返った。わたしは首を横に振った。


本棚の向こうから、壁を通して平賀さんの気配が伝わる。わたしの部屋の本棚から、平賀さんが本を出し入れする音。母さんの本棚とわたしの本棚は壁を隔てて背中合わせだ。

平賀さんは『ゲド戦記Ⅰ』を抜き取って開いたりするだろうか。もし仮に平賀さんが本物の超能力者だとして、本に触れただけで手紙の存在を感知する、なんてことは。

ばかばかしい。二十七にもなって、なんて幼稚な空想。奇跡を期待するほどわたしは若くない。

本棚に背を向けてしまえば、母さんの部屋にはなにもない。仕事机と大きなテーブルと椅子のほか、見事な空っぽ。壁を飾っていた記念写真も感謝状も風景画もない。海外旅行で買ったアンティーク人形もミサ用の燭台もない。父さんが捨てたから。それでも、母さんの仕事や趣味を推理するだけの材料はあるだろう。

ただの仕事部屋なら、こんな大きなテーブルは場所ふさぎになるだけ。生徒を集めて教室を開いていたと推測するのが自然だし、いかにも古風な、凝った彫刻のあるテーブルと椅子を見れば、英国風のお茶会が趣味だと言い当てるのは簡単だ。

じゃあ翻訳は？　翻訳会社の封筒も書類も処分している。それでも、ロングマンやオックスフォードだけじゃない、法律用語やビジネス用語、科学用語からスラングまで、多様な英英辞典をそろえた棚を見れば、どんな仕事をしていたかわかりそうなもの。

なんだ、つまらない。どこが千里眼だ。種明かしをしてしまえば、どんなマジックも子どもだましだ。

わたしは母さんの本棚に向き直った。

テレビなんかで紹介される学者や作家は決まって自分の本棚を背景にしている。さも、自分の知識量はこれくらいと見せびらかすように。母さんはそんな本棚に憧れた。日本がバブル景気に沸いた八十年代、冴えない女子大生だった母さんが見た夢そのもの。学者にも作家にもなれなかった母さんが、とにかく実現したのがこの本棚だった。

昔、母さんが本を出し入れする物音を自分の部屋で聞くのが怖かった。特に真夜中は心臓に悪かった。がた、ごとん。望みどおりには育たなかった娘への恨みや、落胆の深さがその音に籠もり、わたしを怯えさせた。

平賀さんがそこまで読み取ってくれたら。でも、はなから無理だったのだ。超能力に期待するなんてそもそも間違っている。わたしはどうかしていた。

しばらくして戻ってきた平賀さんが手にしていた本は、一冊だけだった。

『不思議の国のアリス・オリジナル』

キャロル直筆の原本の復刻版だ。

あっと腰を浮かせた。「それ、高校の合格祝いの、母からのプレゼントです」

驚いた。なぜ、よりによってその本。

「なるほど。どうりで新品同様のはず。大切にしていたのですな。どうしましょうか」

平賀さんはその本をわたしに差し出した。わたしは肩をすくめた。

「いえ、買い取ってください」

平賀さんはその本に三百円の値をつけた。

「その子の首を切っておしまい！」

裏声で平賀さんは呟いた。『不思議の国のアリス』に出てくる侯爵夫人のセリフだ。

「意味のない子どもが何の役に立ちますか」

わたしは『鏡の国のアリス』の、赤のクイーンのセリフで応じた。

平賀さんはほっほっと笑った。

「では、これで買取りは完了です」

平賀さんは電卓を取り出し査定額を合計した。予想していた金額のなんと二倍。現金がその場で支払われた。平賀さんは買い取った本を段ボール箱に詰めていった。小さくもない段ボール箱が四箱にもなった。

「さて、仕事は済みました」平賀さんはジャケットの内ポケットに手を入れた。「そこでお願いがあります。商売とは別の個人的な取り引きです」

内ポケットから取り出したのは小さなハーモニカだ。「お父様の部屋にあったブルース・ハープです。上等なものです。千円でどうでしょう、譲っていただけませんか」

ハーモニカは父さんの趣味だった。日曜日の夕方、テラスに椅子を置き、哀愁たっぷりにハーモニカの音色を界隈《かいわい》に広げていた。

「差し上げます」

わたしは作り笑いを浮かべた。

「それでは申し訳ない」

平賀さんは腰を浮かし、千円札をテーブルの端に置いた。

「ちゃんと音が出るかわかりません」

「ではこうしましょう。試し吹きをして、きれいな音が出たら買わせてください。音が濁っていたら無料でいただきます」

ハーモニカをアルコールで消毒し、平賀さんはアルミサッシを開けて外に出た。ガレージの屋上だ。母さんはバルコニーと呼んでいた。わたしがかつて、一人用テントを張って砂漠の旅を夢みた場所。寝袋にくるまり流星群を待った夜もあった。

いま、そこにあるのは草花の干涸らびたプランター。帆布のシートがぼろぼろのデッキチェア。平賀さんはのっそりとバルコニーの端に立った。

震災前、こんなに空は広くなかった。おとなりが消え、そのまたおとなりも消え、お向かいも、はす向かいも、裏の家も消えた。原発事故のせいで、みんな消えてしまった。その結果が、この広い空だ。

背中を丸め、平賀さんはハーモニカを鳴らした。なにもない空に、ハーモニカのむせぶような、あえぐような音色が響き渡った。ジョン・レノンの「イマジン」。

イマジン？　鳥肌が立った。父さんが得意にしていた曲。

（ジョン・レノンもオノ・ヨーコも関係なく、私にとってこれは父さんの曲なのだ。）

偶然だろうか。こんな偶然ってあるのだろうか。平賀さんの背中から父さんの面影が浮かび上がった。

父さんの演奏が始まると、庭に忍び込んでくる野良猫がいた。父さんはハーモニカを吹きながら、ポケットに隠していたビスケットを放った。母さんには秘密の愉しみだった。

高二の初夏。ある朝、テラスに出た母さんが叫び声を上げた。テラスの床から子猫の声がしたのだ。わたしはテラスに腹這い床下をのぞいた。生まれたての子猫が四匹、母猫のお腹に吸いついていた。父さんのせいで、母猫はテラスの下を安全と信じ、出産場所に決めたのだ。かわいい。

野良だろうとかわいいものはかわいい。けれど母さんは許せなかった。保健所に連絡しようと受話器に手をかけた母さんを、父さんは止めた。野良猫の出産は父さんにも責任があるのだ。

　父さんの説得で、子猫たちの保健所送りは見送られた。当面は我が家で保護し、里親を探す。ひと月以内に里親が見つからない子猫に関しては、問答無用で保健所送りにする条件で。わたしは写真入りのポスターを手作りし町内の電柱に貼って回った。三匹はすぐにもらわれていった。残り一匹がなかなか決まらない。理由は一目瞭然。三匹は母親似の茶トラなのに、一匹だけブチ猫で、顔中に墨汁を散らしたような斑点がある。要するにブス猫で愛嬌がない。おまけに雄だ。

　わたしはブチ猫が哀れで、自分の部屋でかわいがり同じベッドで寝た。わたしの人生で唯一、ペットと過ごした至福の期間だ。携帯のカメラで彼を撮影し、同級生に見せて里親を探した。「失敗した習字顔」と笑う人はいても、育てようという人はいなかった。

　救ってくれたのが天野君だ。

「昨日、家に帰って子猫の話をしたら、牛小屋のネズミ番がほしかったって、家族全員賛成してくれた」

　天野君の家は山間にあって遠いから、駅前の下宿屋から学校に通っている。家に帰るのは土日だけなのだ。

「ブス猫だって家族の人には言った？」

「関係ねえよ、うちは。見た目より実力主義だ。名前はハナに決まり」

「男の子なのに花？」

「顔中ハナクソだらけみたいだろ」

わたしは腹を立てたが、とにかくもブチ猫は天野君ちにもらわれ、ハナになった。ハナが天野家の優秀なハンターに成長したと聞いたのは夏休み明けだ。

「ハナに会いに今度うち来る？」

一瞬、心臓が喉元に迫り上がった。

「いやいやいや。天野君ち遠いし」

「じゃあ、ハナを学校に連れてこようか」

「それだけは止めて」

わたしは思いっきり首を横に振った。そんなことをされたら教室の笑い者になるだけでは済まない。どんな噂を立てられるかわかったもんじゃなかった。


それだけのことがイマジン一曲の間に甦った。あれもこれも遠い昔だ。みんな過ぎ去ってしまい、思い出を共有する人もいない。哀しみが胸の底で波打つ。平賀さんに涙は見せられないから、呼吸を深くして、哀しみを腹の底に沈めていった。

演奏を終えて振り返った平賀さんは恍惚として、どこか遠い世界から帰ってきたような顔をしていた。

「素晴らしい音色です。決まりですな」

ハーモニカをハンカチで拭きながら平賀さんは戻ってきた。それから「猫の声がしませんか」とバルコニーを振り返った。背中がぞくっとして、わたしは思わず身震いした。

「置き去り猫の生き残りでしょうか。発情期ですからな」

本当に？　わたしには聞こえない。

「どうして」声が喉に詰まった。「どうしてイマジンを吹いたんですか？」

「ホーナー社のブルースハープ」平賀さんはハーモニカに刻まれたメーカー名をわたしに示した。

「ジョン・レノンも愛用してました。お父様がそれを知っていたなら、イマジンを吹いた可能性は高い」

そうなんだ。理由を知れば不思議でもなんでもない。それでも平賀さんの直感力には驚嘆してしまう。馬鹿げていると思いながら、千里眼を信じたい欲求が高まってくる。

「あの」ためらいながら尋ねた。「平賀さんは父をどんな人だと思いますか。変な質問ですけど、ハーモニカを吹きながら、父を感じませんでしたか」

「それは、お父様の魂に触れたか、という意味でしょうか」

わたしは慎重にうなずいた。平賀さんは踏み台に腰掛け、手の中のハーモニカを見下ろしながら話し続けた。

「さきほど説明したとおりです。ホームページの書き込みを見て期待する方もおられますが、わたしがしていることは推測にすぎません。物に残された記憶とは情報のことです。記憶を読み取るとは言い換えれば情報の解釈です。シャーロック・ホームズが訪問客をひと目見て、出身地や職業や性格、ふところ具合まで言い当てたのと同じです」

「平賀さんは父の本棚にさわりもしませんでした。父のことを、取るに足らない平凡な人間だと思ったのでしょう」

「いや、それは違います」

平賀さんは語気を強めた。「わたしが本棚の持ち主について語るのは持ち主が亡くなられた場合に限ります。それを始めたのは震災後です。お客様の多くは、本棚どころか家も土地も手放そうとする人たちです。家族を亡くされた方は特別なうしろめたさを抱いてます。亡くなった家族の思い出まで捨ててしまうようで、心のどこかで自分を責めているのです。そのような方に、わたしは本棚から読み取ったことを話して差し上げます。せめてもの慰みです。泣いて喜んでくださる方もいらっしゃいます。一種のサービスです。本棚の持ち主が生きていらっしゃるなら、このようなサービスは無用でしょう」

「あの、父は死んでます」

わたしは本当のことを言った。

「いまなんと？」

平賀さんは驚いて顔を上げた。「電話では確かに、亡くなられたのはお母様だと」

「すみません、嘘をつきました。死んだのは父です。母はまだ生きてます」

「どおりで。なにかおかしいと、ずっと感じていました。逆だったのですね」

平賀さんの眉間に険しく縦じわが刻まれ、口がへの字に彎曲《わんきょく》した。

「聞きたかったんです、平賀さんの口から、母がどんなに酷い人だったかを。でもがっかりです。平賀さんは母を褒《ほ》めてばかりで」

「それだけの理由で、生きている人を死んだものと？」

「いいじゃないですか、それくらい。ただの言葉なんだし」

「言葉の力を甘くみてはいけません。たとえ陰口でも、言葉は必ず相手に届きます。なんらかの形でその人を傷つけます」

「それが本当なら、わたしはいくらでも陰口を叩きます。平賀さんは知らないからきれいごとを言えるんです。母が、父やわたしにどんな酷いことをしたか。そうですよ、父より母が死ねばよかったんです」

「死ねばよかった？　実の母親に対して。本気で言ってるのですか？」

平賀さんの目の色が変わった。

「本気です」

「長居しすぎたようですな」

怒りを押し殺し、平賀さんの声が震えた。

「ハーモニカは大事にしてください。父の形見です」

「それは約束しましょう」

平賀さんは腰を上げた。

我に返ったのは、平賀さんが段ボール箱を抱えて階段を下りていき、一人になってからだ。言いたいことを吐き出したのに、とてつもなく惨めな気分だった。自分がどうしようもなく傲慢で、子どもで、可哀想ぶってる情けない人間に思えてきた。

平賀さんが階段を上ってきて二箱目の段ボール箱を抱えようとしたとき、わたしも三箱目を持ち上げようとしたが一ミリも持ち上がらなかった。平賀さんは無言のまま階段を下りていった。なんて人だ。七十を過ぎてこんな重いものを平気で持ち上げるなんて。

平賀さんが三箱目を運ぶとき、わたしはその背中を追いかけた。

「違います。母のせいで父は死んだようなものだって、そう言いたかったんです。だって母は父を置いて家出したんですよ。父は病気だったのに。胃癌の手術をして弱っていたのに。母の知り合いに手当たり次第電話をかけて、必死で探しました。どこにいたと思います？　沖縄ですよ。教え子と暮らしてたんです。いちばんお気に入りの女の人。わたし会いに行きました。母がなんて言ったと思います？『わたしは死んだと思いなさい』ですよ。じゃあ死んだことにしたっていいじゃないですか。本当に死んだってわたしの知ったことじゃない。勝手にくたばればいいんだ！」

三箱目を車の荷台に積み込むときも、階段を上るときも、平賀さんは無言の背中をわたしに向けたままだった。

「わたしが沖縄にいる間に父は死にました。仮設住宅で孤独死です。父にはろくな葬式をしてやれませんでした。お骨はお寺に預けたままです。それだけで精一杯だったんです。それでもわたし親不孝ですか？　母を恨んじゃ駄目ですか？　母は父を殺したばかりじゃない。わたしの人生だって台無しにしたんですよ」

最後の段ボール箱を抱えて平賀さんが階段を下りていく。

段ボール箱を積み終えて平賀さんは運転席に乗った。それでもわたしは窓越しに訴え続けた。

平賀さんはエンジンキーを回し、険しい目で正面を見据えていた。

「東電が悪い原発が悪い国が悪いってみんな言いますよね。そりゃそうです。悪いに決まってる。でもそれで済ませられる人は平和です。それじゃ済まない人もいるんです。普通に生きてたら見ないで済んだ人間の弱さや汚さや醜さと嫌でも向き合わされてきたんです。本当に怖いのは人間です。家族ですよ。『絆』なんて嘘。外から眺めてる人にわかりっこない。しょせん他人事なんだ」

平賀さんは右腕を伸ばし、助手席側のドアを開けた。「乗りますか？」

「え？」わたしは驚き、身体を引いた。

「急いで店に帰る理由はありません。しばらくドライブしませんか。その間に、話したいことがあれば話せばいい」

わたしはためらい、首を横に振った。

「いえ、けっこうです」波のように怒りが引いていった。「その代わり、ひとつだけ訊いていいですか。わたしの本棚に『ゲド戦記』があったのは覚えてますか」

「Ⅱ巻だけ抜けてましたな」

「震災の数日前、友だちに貸したままで」

「そうですか。お友だちはお元気ですか」

「わかりません。でも生きてると思います」

「『ゲド戦記』はわたしも好きな物語です。Ⅱ巻が戻ることをお祈りします」

「ありがとうございます。それだけです」

わたしは肩を落とした。自分の中からいろんなものが抜け落ちていく心地がした。

平賀さんはドアを閉めた。「お父様は、お気の毒でした。ご冥福をお祈りします。でもお母様のことは、なるべくなら呪わない方がいい。呪いは必ず自分に返ってきます。いつか自分を呪うようになります」そして、「次のご用命をお待ちしております。いつでもお電話を」と、商売人の口上で終わった。

平賀さんの欲しがる本は、もう一冊も残ってないのに。

おんぼろのフォルクスワーゲンは庭を出て、路地を抜け、大通りの手前で停止した。天野君の実家がある山の方角から、汚染土を積んで戻る大型ダンプの列が続いた。ダンプの切れ目ができると、フォルクスワーゲンは右に折れ、国道に向けて走り去って行った。

とうとう独り。

でも、わたしはもともと独りじゃないか。自分に弱さを許しちゃいけない。許せばどこまでも弱くなってしまう。ずっと自分に言い聞かせてきた。なのにいまは、平賀さんが残していった排気ガスの臭いさえ名残惜しい。

気がつくと陽が傾いて、自分の影がずいぶん長い。小さな頭が門の外まで延びて、自分の影じゃないみたいだ。ためしに両腕を開いてみる。同じように影が動くから、これもわたしとわかるけど、そう考えるわたしもまたわたしの影のようで、どこに本当のわたしがいるのかわからない。

テラスの床板は黒ずんで、踏むとみしみし音がする。生まれたての子猫はぶよぶよした柔らかな肉のかたまりで、初めて触れたときはかわいいよりも怖かった。

あの日以来、父さんはテラスでハーモニカを吹かなくなり、場所をバルコニーに変えたけど、「どうして寂しい曲ばかり吹くの」とたびたび母さんに文句を言われた。

「エーデルワイスを吹いてよ。もっとほら、気分が明るくなる曲」

いまはもう、庭木も生け垣も取り払って荒れ野みたいだ。枯れ草ばかり、音もなく風に揺すられて。そこに傾いた陽が当たって、淡く光を散らして。

田んぼを埋めて造った住宅地だから、住宅が消えてしまうと風景は妙にフラットだ。更地に灰色の路地だけ残り、電柱すら消えて。遠くに街路灯がぽつぽつ、道に沿って光を並べている。

生まれ育った土地なのに、まるで見慣れない風景。子どもが見る悪夢みたいな。ここはどこと見回しても誰もいない。世界中から人が消え、自分だけ取り残されたような、とびっきり寂しい夢が、わたしのいまいる場所。

西の彼方に阿武隈の山並みが見える。夕陽が稜線を裏から照らし、でこぼこしたシルエットが牛の背中みたい。

ああ、山だけは変わらないとしみじみしたけど、庭から山が見えるなんておかしいと思い直した瞬間、失ったものの大きさがどっと押し寄せてきた。

新聞紙を丸めるように、風景がくしゃくしゃに丸まって閉じられていく。

肩に痙攣《けいれん》が走り、喉が波打つ。込み上げてくる嗚咽《おえつ》を、歯を食いしばって堪えたけど、涙は止められなかった。ぼろぼろ涙がこぼれ出し、泣き声まで溢れた。

どうにもならなかった。どうしようもなく泣いた。子どもみたいに声を張り上げ、涙で顔をぐじゃぐじゃにした。

3

十年前の三月十一日。双葉町にあるF高校は午前中だけの特別授業だった。

午後、わたしは一人、文芸部室にいた。楳図かずおの恐怖漫画『漂流教室』を夢中で読んでいた。

部室には卒業した先輩たちが置いていったコミックが山のようにある。詩集や小説より多いかもしれない。ほぼ幽霊部員のわたしが幽霊らしく部室に出没するのは、コミックを読むため。自宅ではまず漫画を読まない。ここでならホラー系だろうとボーイズ・ラブ系だろうと気兼ねなく読める。

さっきまでは会議だった。ほぼ幽霊のわたしでも、月イチの定例会議には顔を出す。季刊誌に作品を載せてもらうためだ。ずるいとかの陰口は百も承知。今日の議題は「詩のボクシングの打ち合わせ」だった。

詩のボクシングはリングに見立てた舞台で対戦者が二人、自分の詩を朗読をしてパフォーマンスを競う、声と言葉の格闘技だ。全国規模の大会もあるがそれとは別に、相馬と双葉地区の高校文芸部が独自に開催している。今年の会場は桜の名所、夜の森公園。

部員たちはいま、城趾公園で朗読の稽古をしている。わたしも選手の候補だったけど、固くお断りした。花見客も観ている舞台で、感情を込め芝居っけたっぷりに自作の詩を披露するなんて、よほどのナルシストでなければ耐えられない。無理に出場しても人生によけいなトラウマを増やすだけだ。朗読の稽古に付き合うのも断り、わたしは部室に残ったのだ。

『漂流教室』はトラウマ級の残酷描写の連続だ。荒廃した未来世界にタイムスリップした小学校で、大人が子どもを殺し、子どもが大人を殺し、子ども同士が殺し合う。救いなんてなさそうだけど、子どもが強いのは自分が生きていることに疑問を持たないからだ。生きている以上、生き延びること以外は考えない。なんのためなんて一瞬でも疑わない。疑ったら最後、自滅してしまう。

みんなはどうしてるかな。目を上げて置き時計を見た。円盤の上を針がぐるぐる回るタイプだ。ご親切に秒針まで付いている。

時間の流れって容赦ないな。こうしている間も取り返しのつかない一秒一秒を生きてるんだな。詩のボクシングへの出場を「思い出作り」と言った部員の気が知れない。老人になって懐かしむためにいまを生きてるんだろうか。じゃあ、いまってなんなのだ。いまを生きてることがすでに、過去を生きてることになるじゃないか。でも、こんなことを考えるからわたしは「中村ってめんどくさい」と距離をおかれて。

携帯電話のアラームが鳴った。

緊急地震警報。「(アラーム) 地震です。強い揺れにご注意ください。(アラーム) 地震です」繰り返し。

時計の針が二時四十五分を指していた。

窓の外へ目をやった。「きた」と感じた瞬間、鳥の影が空を舞った。揺れたなんてもんじゃなかった。床が波打った。校舎ぜんたい暴れた。暴れ神輿だ。本棚から飛び出した本たちが襲いかかる。手で押さえるなんて無理。テーブルの下に逃げ込むと、その上に本棚が倒れてきた。安物の折りたたみテーブルがミシミシとへし折れる。このままじゃ死ぬ。死ぬ、死ぬと口走り四つん這いで廊下へ逃げ、よろけながら階段へ向かったが、揺れ動く階段に足がすくんだ。

椅子や机の激しいシャッフル音。窓ガラスが悲鳴を上げている。窓枠につかまり外を見ると空が黄色い。屋根瓦が落ち、テレビアンテナがメトロノーム並みに振れている。古い家が地響きを立てて崩れた。瓦屋根から土煙が噴き上がり空を染める。とんでもない力が街を壊していく。校舎が壊れたらわたしの命もない。床が抜ける。天井が落ちる。いつ起きたっておかしくない。長い廊下が生き物のように波打ってる。縮こまる生徒は虫。ガラスの割れる音。遠くで女子の悲鳴が立った。

激震が小休止している間に階段を下り、上履きのまま校庭に出るとまた揺れ出した。校庭の中央に生徒たちが固まっている。懸命に走って生徒の群れに飛び込んだ。校庭の西側がなぜか水浸しだ。「ここって昔、田んぼだったから」そんな声が聞こえた。嘘？　九十年前の田んぼの水？

いきなりの吹雪に悲鳴が上がった。半袖短パンの陸上部の子が震えている。真っ青になって泣いてる子もいる。いつの間にか頭上は鉛色の雲。『漂流教室』もこんな空だった。あんなふうに世界が一変するって本当に起こるんだ。恐怖が胃の底をえぐる。死の恐怖じゃない。死ぬのがわたし一人ならこんなに怖くない。死よりもっと深い恐怖だ。

津波警報が空に鳴り渡った。津波。津波って？　鳥の影が空を舞う。地面が血の気を吸い取っていく。

F高校は地域の避難場所だ。特に意識はしなかったけど、裏門に「ひなんばしょ」と看板もある。

避難所として教室が使われることになり、落ち着きを取り戻した生徒が、椅子や机を片付けたり、毛布を運んだりと働き出した。わたしは「ひなんばしょ」の看板の下で避難者を案内する役を担った。じっとしているよりは気が紛れる。しばらくすると文芸部員たちが帰ってきた。顔色は悪いが全員無傷だ。

「怖かった」「死ぬかと思った」「電柱がぐらぐら」「お寺の門がひっくり返って」「赤ちゃんを抱いたお母さんが泣いて」「お婆さんが道のまん中で腰抜かして」

みんな、競うように街の惨状を口にする。恐怖心を少しでも吐き出したいのだ。

「詩のボクシングどころじゃないね、当分」

部長の力ないパンチが空を切った。

「いや、こんなときこそ言葉の力だよ」

心にもないことをわたしは言った。

わたしたちの横をすり抜け、四人の男子が街へ歩いて行く。その中に天野君もいた。

「そっちは危ないよ」

部長が呼び止めた。「どこ行くの？」

「生き埋めの人がいたら救助する」

男子の一人が明るく答えた。

嘘よ。人助けにかこつけた野次馬。部員がわたしにささやく。ヒーローぶってさ。

また大きな揺れがくるかも。「それって先生の指示？」わたしは本気で心配した。

「いや」「言い出したの誰だっけ？」「武雄だろ」「おれら勝手にレスキュー隊」

背中を向けたまま彼らは答えた。

天野君がくるりと振り向き、わたしと目を合わせた。なにか言いたそうな顔で二、三歩あとずさり、一回転して前に向き直った。

「天野君、挙動不審」

部長のひと言にみんな笑った。笑ってる場合じゃないから、笑いたくなる。

「気をつけて。津波くるよ」

遠ざかる背中にわたしは声をかけた。半分は冗談だった。津波なんてまさか、というのが本音だった。

しばらくして、ズボンの裾が泥まみれの人がやってくる。膝や腰まで泥まみれの人も増えてくる。それどころか全身びしょ濡れの人まで。本物の津波。生ぐさい臭い、泥と堆肥が混ざった臭い、ガソリンの臭いも強烈だ。海沿いだけで済まないことは耳に入ってくる話し声でわかった。車が流された。人が乗ってた。おらの家も終わりだ。「全滅」という声も耳をかすめた。全滅？どういう意味。わたしは携帯電話を手にした。父さんとも母さんとも繋がらなかった。メールを送り返信を待ったが、胸騒ぎは収まらなかった。


夕方、わたしたちは歩いてＦ中学に移動した。移動の理由は聞かされなかった。もしものため？　不安を口にする子もいた。福島第一原発とＦ高校は三キロしか離れていない。Ｆ中学なら四キロの距離。しかも山陰にあるから少しは安全だ。でもね、まさか。わたしたちは高一の春に原発のＰＲ館を見学している。どんな津波も厚さ二メートルのコンクリート壁が跳ね返すはず。

実はこのとき、津波による浸水で福島第一原発は電源を喪い、核燃料を冷却する装置が動かなくなっていた。そんなこと誰も知らない。知るよしもない。核燃料が過熱して溶け出せばメルトダウン。そんなあり得ない想定は誰もしていない。

Ｆ中学に着いてみると、待っていたのは校庭の地割れだ。夕闇の底でそれは、得体の知れないものが地下を通り過ぎた跡に見えた。

Ｆ中学にも一般の人が避難していた。わたしたちは二階に通された。土足で上がり、教室の前で脱いだ。断水はしていたが電気は使えた。光があるのとないのとでは大違いだ。外出は禁止。勝手な帰宅も禁止。窓を開けるのも禁止。禁止、禁止と言い渡され教室がざわついた。「おれは歩いて帰れる」と抗議した男子に、先生は「近い遠いの問題じゃない」と声を張り上げた。「いつまた大きな地震が襲ってくるかわからんだろうが。目の前で家が崩れてきたらどうするんだ」

先生の話は大袈裟でもなかった。Ｆ中に移動する途中、山ぎわを歩いているときも大地が揺れ、地滑りが起きたら全員生き埋めだと気が気じゃなかった。

大惨事のただ中で情報が少ないのは生殺しと同じ。スマホでニュースをチェックしている子も「双葉郡はどうなってんだ」と苛立っていた。

Ｆ高校の正面玄関には「生徒はＦ中学校に移動しました」と張り紙がしてある。Ｆ中まで親が迎えにくれば帰宅できるが、親と連絡がとれない子も多い。家族の安否が確認できないまま教室で過ごす夜を思うと心臓が潰れそうに縮んだ。

わたしは廊下に出て携帯電話を開き、父さんにメールを送った。「Ｆ中学にいる。迎えはこっちにお願い」「大丈夫？　いまどこなの？」「母さんはどうしてる？」

携帯電話を見つめて返信を待ったがなんの反応もない。何度繰り返しても同じだ。どうして？　電話が通じないのは仕方ない。しかしメールなら通じたという人もいる。不安が腹の底に重くのしかかってくる。

うつむいているわたしの横を二つの人影が通り抜けていった。あれっと目を上げ振り返った。天野君。お父さんと一緒だ。携帯電話を閉じると同時に天野君が足を止め、わたしを振り返った。

「中村さん」と天野君は言った。いつもの天野君の声じゃなかった。

お父さんも振り返った。迎えがきたんだ、よかったね、と無言で微笑み、丁寧にお辞儀した。お父さんは好奇心のちらつく目でわたしを見返し、黙って頭を下げた。頭頂部の髪が薄かった。天野君も大人になると禿げるのかな。そこは似ないでほしいな。

「中村さん、あのさ」

天野君はなにか言い出しかけて口を閉じ、唇をもぞもぞ動かした。

なに？　わたしは続く言葉を待った。変な生き物が天野君の口の中で葛藤しているみたい。でも、その正体がわからない。

「おうちは大丈夫だった？」わたしから口を開いた。沈黙の時間が怖かった。

「無事でした。家族も全員」お父さんが代わりに答えた。「あなたが中村さん。あの、子猫をくださった？　その節はどうも。いただいた猫も無事ですからご安心ください」

やわらかな声だった。

「みなさんご無事でなによりです」

「なによりですよ。しばらく大変でしょうが生きてりゃなんとかなるもんです」

「あのさ、『ゲド戦記』だけど」

天野君が話に割って入った。きっと、貸しているII巻のことだ。

「返すのいつでもいいよ。遅くなっても」

「そう？」

「春休み、前倒しで始まるみたいだし」

「だろうな。当分勉強どころじゃないし」

「でも必ず返してよ」

もちろん、とうなずく目が寂しげだった。

「先に帰るけど、ごめんな」

「ううん。気をつけてね」

III巻も貸して。いいよ。それが最後に天野君と交わした言葉だ。お父さんが歩き出し、天野君は少し遅れて背を向けた。よく似た背中が、暗い廊下の奥に消えていった。

あの夜、天野君が本当はなにを言いたかったのか、十年後のいまならわかる。けれどばかばかしいほど、わかるのが遅すぎた。

「I巻に手紙をはさんだから」

そう言いたかったのだ。

教室はにぎやかだ。黙っていると心が塞いでしまうから、部活仲間や仲良しグループで固まり、トランプをしたりゲームをしたり、単語帳や歴史年表でクイズを出し合ったり、切れ目のないおしゃべりで沈黙を埋め、不安を押し退けた。炊き出しのおにぎりは数が足りず中学生以下に配られた。部活をしている子が部室から持ってきたお菓子を提供し、みんなで分け合った。食料をめぐって殺戮《さつりく》が始まる『漂流教室』とは大違いだ。感謝する心があればポテトチップス一枚で人は幸せになれるのだ。

海岸近くに家がある子もいる。家族の誰かが消防団員か警察官という子もいる。もちろん、東京電力の社員や原発労働者の子も。情報がないと想像は悪い方にばかり転がる。家は無事なのか、家族は大丈夫か、はっきりしないまま窓の外は暗くなる。それでも、あからさまに感情を表に出す子はいない。うっかり口にすれば空気は途端に重くなる。無理にでも笑っていること。それが暗黙のルールだった。

「あ、中村。さっき天野君が中村のこと探してたよ」

教室に戻ったわたしに千夏が声をかけた。わたしの仲良しグループは教室のうしろで輪になり床に尻をつけて座っている。

わたしは輪に戻り、スカートの裾をたくし込みながら体育座りになった。千夏のようにミニスカートであぐらをかく度胸はない。

「いま廊下で会った。お父さんもいたよ」

深い意味はなかったのに、みんなの反応は早かった。

「え、お父さんに紹介されたの」

「違う。違う違う。天野君に本を貸してるんだけど、返すの遅くなるよってだけの話」

「へえ。天野君て本読むんだ？」

「読むよ。貸すの二冊目だし」

「それって初耳！　そういう仲だったんだ」

「だからさ、無理やり話を盛り上げないで」

「でもさ、中村って天野君の話ばっかりだよね。よく観察してる」

「そりゃあ、席が真ん前なんだから」

「こないだの消しゴムの話は傑作。中村が落とした消しゴムをコンパスでプスッと刺して拾った話。おでんかよ！」

天野君はコンパスの針で突き刺した消しゴムを、黙ってわたしに突き出したのだ。

「意表を突くよね」

「いまだコンパスを持ち歩いてる理由が謎」

「小学生かよ！」

けれど、人の親切を笑いのネタにしたことで、小さな罪悪感が心に積み増しされた。

「お父さんはどんな人だった？」

千夏は好奇心で目をきらきらさせている。

「やさしそうな人。天野君と顔が似てて。それと、髪の毛が薄かったな」

「残念！　天野君の未来は禿げ確定だ」

残酷な笑いがはじけた。わたしは一緒に笑いながら心の中で謝った。

ごめん。天野君ごめん。

こっそり校舎を抜け出して外を探検してきた男子が戻ってきた。

「それがさ、線路を越える陸橋があるだろ。あれが途中でパカッと割れてんの。嘘みてえに。ダメだこりゃって引き返した」

スマホのモバイル機能でテレビを見ていた大友君が「外やばいかも」と警告した。「枝野官房長官が記者会見で、原発は大丈夫だけど念のため外出は控えろだって。この発言、怪しくねえか。なんか匂う」

やっぱ漏れてんだよ。ささやく声がする。

「すかしっ屁だ」

机に腰掛けていた今野君が片尻を上げた。しらけた笑いが宙を漂った。すかしっ屁くらいは許してやる、と言うように。

福島第一原発は事故が多いことも、東電は事故を隠すということも、わたしたちは知っている。万が一に備え、去年の秋に双葉町でも原子力防災訓練を実施した。参加者はバスに乗り数キロ移動して終了。そのレベルの事故が、東電の想定した万が一だ。事故のレベルは訓練の規模に合わせて設定された。メルトダウン級の事故なんか想定したら訓練でパニックが起こる。けれど、想定外の事故は現実になりつつあった。わたしたちが低劣な冗談に笑っていた頃、一号機では水から露出した核燃料が高熱を発していた。現場の職員でさえ原子炉でなにが起きているのかつかめずにいた。つかめないまま絶望と闘っていた。

父さんが迎えにきたのは九時過ぎ。

先生に呼ばれて廊下に出て、父さんの姿を見たときはほっとして涙腺が開いた。けれど一方で、同級生と励まし合って過ごした時間が終わると思うと切なかった。みんなやさしかった。やさしくて強かった。こんな連帯感はもう二度と味わえないだろう。

「ごめんね、先に帰るね」「ううん。よかったね」「連絡するね」「学校で会おう」

笑顔で言い合いながら、教室を離れたときは後ろ髪を引かれるどころか、引きちぎられそうだった。みんなより先に帰る罪悪感で押し潰されそうだった。許されるなら、このまま教室でひと晩過ごしたっていい。最後の一人になるまで残ってもいい。

車を走らせながら父さんは、迎えが遅れたことを詫びた。

「実は携帯電話を盗まれてな。知らない男に携帯が壊れた、家族と連絡をとりたいからアンタの携帯をちょっとだけ貸してくれって頼まれて、断れなかった。繋がらないとわかればすぐ返してくれると思ったんだが、携帯を渡した一瞬後には走り出してな」

「うわっ。じゃあそいつ、わたしの個人情報も持ち逃げしたんだ」

「個人情報を悪用できるほどの知恵はなさそうだった。きっと魔が差したんだろ。明日香も気をつけろ。こういう非常事態には人の本性が現れるからな」

「父さんは人が好さそうな顔をしてるから狙われたんだよ」

父さんに送ったメールが犯人の手元に届いたのかと思うとぞっとした。とんでもない失態を犯しながら淡々としている父さんにも腹が立った。

ラジオはニュースを流していたがまるで頭に入らない。どこそこで震度いくつ。どこそこで津波の高さ何メートル。そんな情報ばかりで本当に知りたいことは教えてくれない。

母さんは？　わたしは尋ねた。無事だ、と父さんは答えた。「地震の直後、石橋さんを迎えに行くと母さんからメールがあった。冗談じゃない。津波警報が出てるのに」

「石橋さんって、英会話教室の石橋さん？」

石橋郁子さん。上品だけど影のある人。きれいな発音で英詩を朗読する人。離婚して病気の母親と暮らしている人。そして母さんの大のお気に入り。

「車庫が潰れて車を出せないって、電話で母さんに助けを求めたんだ。石橋さんの家は海に近いだろ。お母さんは足腰が弱って歩けないときてる」

「石橋さんの家、請戸だったよね」

「港から百メートルも離れてない。一刻を争うのになぜ母さんに電話したんだ。助けが欲しかったら他に人がいただろう」

「請戸は全滅だって聞いた」

「目を疑うぞ。田んぼが一面水浸しだ。流されてきた家の残骸がびっしり覆って、漁船もごろごろしてるし」

「父さん、見たんだ」

「高台からな」

「母さんたちは助かったんだよね」

「車を捨てて、石橋さんのお母さんをおんぶして坂道を駆け上がったそうだ。火事場の馬鹿力ってやつだな。ところが、石橋さんのお母さんの具合が悪くなって、親切な人が病院に運んでくれたそうだ。病院の前でぐったりしてる母さんを見つけるまでは父さんだって生きた心地がしなかった」

「それで、石橋さんのお母さんは？」

「さあ。病院も混乱していたが、とにかく命だけは助かりそうだ。母さんも大丈夫だ。家に帰って休んでいる」

「意外と母さんも勇敢なんだね」

「迎えが遅れてすまん」

父さんは正面を向いたまま頭を下げた。「明日香には先生も友だちもついてるし、安全な場所に避難してるはずだから」

「わかんないよ。わたしだって死ぬかと思ったんだから」

交差点の信号は消え、代わりに消防団員が誘導灯を振っていた。父さんは車を止め、後部座席からぱんぱんに膨らんだレジ袋を取り出した。中身はぜんぶお菓子だ。

「お腹が空いたろう。非常食代わりに買っておいた。好きなだけ食べていいぞ」

もちろんお腹は空いていた。でも、だからこそ手をつけられなかった。さっきまで同級生とスナック菓子を分け合いながら空腹に耐えていたのだ。

「引き返して。これぜんぶ友だちにあげる」

父さんは怒った。父さんが本気で怒るなんて滅多にない。

「心を鬼にして買ったんだ。米も水もパンもなくなってた。先を争って、やっとこれだけ手に入れたんだ」

「じゃあなおさら食べらんない」

わたしは口をへの字にして泣き出した。

父さんは進路を変えず、わたしも意地になっていた。ひと口でもお菓子を食べれば友だちを裏切るような気がした。友だちと過ごしたあの時間を、黄金の時間として記憶に残したかった。そのために、今夜だけは飢えていたかったのだ。

停電地帯では国道の右も左も真っ暗だ。この奥にどんな惨状が隠されていようと、たとえ死体が折り重なっていようと、わたしに見えるのは暗闇だけだ。どこまでも暗闇が続いた。いつもの道ではなかった。自分がどこを走り、どこに向かっているのかも怪しくなった。ただ、未知の世界へ否応なしに運ばれていく感覚だけがリアルだった。

わたしは知らなかったが、そのときすでに原子力緊急事態宣言が発令されていた。家に着いた頃には、福島第一原発から半径三キロ圏内の住民に避難指示が出ていた。そして深夜には、一号機の原子炉でメルトダウンが始まる。

わたしはなにも知らなかった。翌朝には避難指示地域が半径十キロ圏内に拡大されることになるけど、それまでは我が家と原発との距離なんて考えたこともなかった。

この夜は、帰宅するなり安堵感で全身の力が抜けた。家の中は倒れた家具と飛び散った家財道具で足の踏み場もなかった。お風呂に入りたいと願っていたが、我が家も停電と断水でお風呂どころではなかった。もし入れたとしても、絶え間なく余震が襲う夜に裸になる度胸はなかった。

母さんは庭にテントを張り、LEDライトの下で力尽きていた。わたしが中学に上がるまでは家族でキャンプもしたのだ。最後にキャンプをしたのはどこだっけ。たしか、南相馬市の海浜公園。深夜になると潮騒がテントの中で渦巻き、寝付けないわたしは暗い海を思い、ますます眠れなくなった。波音が、人を海の中へ誘う呼び声に聞こえた。

靴下を脱いだ母さんの素足が傷だらけだ。消毒液の匂いがツンと鼻をつく。請戸でなにを見てどんな経験をしたのか、母さんは語らなかった。語るどころじゃない。身体をくの字に曲げて横たわり、意識があるのかないのか全身で沈黙していた。なにがあったのか、わたしも聞くのが怖かった。語れば、母さんが壊れてしまうようで。

父さんがライトを消した。とたん、闇の彼方から波音がごおっと押し寄せてきた。

4

平賀さんが去ったあと、泣いて、泣いて、泣き疲れた子どものように、やるせない虚脱感を抱えて立ち上がった。

電車の音が背中に迫り、振り向けば、家並みの向こうを影絵のように各駅停車が走り抜けていく。意外と近いんだな。住宅がみっちり建て込んでいた頃は、庭から電車を見るなんてあり得なかった。

避難は目隠し鬼と同じだ。鬼さん鬼さん手の鳴る方へ。許されて目隠しをほどけば、まるで見知らぬ風景が広がっている。

山の端に夕陽が落ちていく。かつての住宅街がまるで焼け野原だ。

どんな街だったか、思い出ならいくらでもあるのに、記憶の風景と現実が重ならない。宙に浮いた記憶を持て余して、おとなりからそのまたおとなりへと渡り歩いた。

いい子だったよね、わたし。回覧板を回したり、ゴミ置き場を箒で掃いたり、にわか雨が降れば「おばさん、洗濯物が濡れちゃうよ」と教えてあげたり、大雪の翌朝は雪かきを張り切った。

ご近所に褒められたかった。褒められるのが生き甲斐だった。みんなどこへ消えたのだろう。わたしを褒めてくれる人はもう、どこにもいない。

足を止め振り返ると、暗い海のような荒れ野に我が家がぽつん。まるで見捨てられた小島のような。

街が消滅した。これが、震災十年目の風景。復興という名の、色のない風景。

ほとんどの家は、国が解体費用を負担していた時期に処分された。避難指示が解除されたからって、歯医者も青物屋もない町に不便を承知で帰還する人は少ない。いまのところ帰還者は震災前の人口の一割にも届かない。

帰らないと決めた家はどんどん解体され、更地は野火のように広がり、残された家も大半は空き家。死んでる家と生きてる家の違いは夕方になればわかる。窓明かりには住んでる人の体温がある。死んでる家は冷たい。死体の冷たさだ。

我が家は、父さんが帰るつもりでいたから残していた。その父さんが避難先で死に、家を残す理由がなくなったのに、母さんが決断を先延ばしするうち、解体費用は自己負担になったのだからばかみたいだ。

母さんが処分に踏み切った理由は税金の問題だ。避難指示が解除されて、強制避難者も自動的に自主避難者扱いに変わった。住宅支援は打ち切られ、空き家の自宅にも固定資産税がかかってくる。それは「帰還せよ」という無言の圧力でもあったのだ。

帰りたいかと問われれば、避難者の大半は帰りたいと答えるだろう。しかし帰りたいと帰れるは別問題だ。浪江町に帰る帰らないで父さんと母さんは口論の火花を散らした。父さんにとって浪江町は故郷だが、母さんにとって、教え子のいない浪江町はなんの価値もない。沖縄に家出してから母さんは、ずっと過去に目を背けてきた。家の処分なんて面倒なだけだった。そんな母さんが突然、空き家に税金を払うばからしさに目覚めたのだ。

自宅解体の事務手続きを、母さんはわたしに押しつけた。わたしだって東京で人並みに働き、それなりに忙しい身なのに。土地が売れたらそっくり生前贈与してやるからと。

古本屋に頼んで蔵書を一冊でも多く買い取ってもらいなさい、というのも母さんの指示だった。「本はわたしの命。がらくたと一緒にゴミ扱いしたくない。人から人へ読み継がれるたび本は新しい生命を得るの。輪廻のように、そのつどわたしも生まれ変われる気がする」

母さんのメールは鳥肌が立つくらい気色悪かった。母さんは現実主義だから、こんな妄想と感傷のポエムみたいな文章は書かない人だった。少女くさい感傷は、沖縄で同居している石橋さんのものだ。一緒に住んでると考え方も似てくるらしい。

平賀さんに本を買い取ってもらうと、我が家は抜け殻に見えた。もしわたしが竜の娘か竜そのものだったら、炎のひと吹きで焼き払ってあげるのに。

自分の家を焼きたい。

燃え上がる家の火の粉を浴びて庭に立っていたい。炎に顔をあぶられ前髪が焦げてもわたしは逃げない。屋根が崩れ落ち、盛大な火の粉が夜空に舞い上がるとき、わたしも天に繋がるのだ。

それがわたしの聖火。明日、浪江町を走り抜ける聖火よりも強烈な、再生のパフォーマンス。

ひと月前のこと。夜、東京の国分寺市の、わたしが住んでいるアパートの近くで火事があった。うなぎ屋と住居を兼ねた木造二階建て。わたしが自転車で通りがかったときは、消防車の放水なんかもろともしない勢いで燃え盛っていた。焼け出された家族が、炎上する家をなすすべもなく眺めていた。中学生くらいの女の子がパジャマに毛布を羽織った格好で泣いていた。彼女には悪いけど、炎は美しかった。炎は純粋だ。人の運も不運も、幸も不幸もおかまいなしに、地上のものを煙と火の粉に変えて夜空へ送り出すのだ。

我が家を燃やす、という発想はあのとき生まれた。解体の事務手続きを淡々と進めながら、頭の片隅で、燃え上がる我が家の光景を夢想していた。それは、焼却炉の中で燃えていく父さんの幻影に重なってもいた。

父さんが帰りたがっていた家だから、焼いて父さんのもとへ送り届けてあげよう。

でも、本当にわたしにできるのだろうか。空き家になった自宅といえど放火は放火。江戸時代なら八百屋お七と同じ運命、磔台《はりつけだい》で火あぶりの刑だ。

昼間はのどかな住宅街に見える街角も、夜になれば帰還者の家に明かりがともり、空き家はどこまでも暗いまま。空き家はどれも恨み言を呟いているみたいな。空き家の恨み言を吸い込んで夜空が重い。

でも今夜、我が家は空き家じゃない。わたしがいるから。わたしの家はわたしを恨んでいるだろうか。解体を決めたのは母さんだけど、申請書に捺印したのはわたしだ。

大丈夫だよ、と我が家に言ってあげたい。重機を使ってドッカンドッカンなんて、そんな乱暴なことはしない。火の粉にして夜空に送ってあげる。無数の蛍が舞い上がるような華々しい演出で終わらせてあげる。

玄関のドアを開ければ、待っているのは外よりも深い闇。震災前なら、家はわたしを闇夜から守ってくれた。それがいまでは逆。家が闇を閉じ込めている。玄関に上がり吹き抜けの天井を見上げれば、暗がりに丸いランプが宙ぶらりんで、行き場のない魂みたい。

黒いゴミ袋が積み上がったリビングルーム。食器や家電品がこれでもかと散乱したキッチン。浴室はいまも生々しい。浴槽にわたしの全裸死体が転がっていそうで怖い。

ゴミ袋には、母さんの部屋にあったあらゆるノートやファイル、雑貨や文具、郵便物や写真が詰め込まれている。家出した母さんの行方を突き止めようと、父さんが手がかりになるものを探しながらぶち込んでいったものたち。父さんは律儀だから、階段を何往復もして大きな袋を居間に下ろしていったのだ。病み衰えた身体を酷使して凄い執念だ。いや自虐的な怨念だ。結局は無理がたたって命を縮めたのだから。

どうしてこんなことになったのだろう。

震災がなければ、せめて原発事故がなければ、多少はぎすぎすしながらも、家族は家族であり続けたのだ。震災からずっと、本当は見なくて済んだはずの、人の汚さや醜さを見せられてきた。わたしだけじゃない。震災を経験した人みんな、それぞれに傷を抱えて生きているはずだ。

わたしたち一人一人はとても小さいから、いずれ時代に消されていく。聖火が町を走り抜けたあとは、復興の物語だけが歴史に残るのだろうか。

傷そのものは物語にならない。物語になるのは癒やされた傷だけだ。癒やされない傷は歴史に埋もれ忘れられていく。

だからこそ、わたしは自分の家を焼きたいのだ。我が家の記憶を、大地に黒く焦げ付かせるために。

※

天野君。君はどんなふうに原発事故を知ったの?

三月十二日午後三時三十六分。

わたしは津島地区にいたよ。津島の、天野君も通っていたT中学校。

震災翌朝の七時、防災無線の「津島地区に避難して下さい」というアナウンスを聞いた人も、聞かなかった人も、国道一一四号線に乗って津島を目指した。請戸川に沿った山間の道に町中の車が殺到したんだ。あの大渋滞はまるで民族大移動。古い映画で観た、戦火を逃れる難民の群れ。

荷馬車を押してパリから脱出する家族の中にわたしがいる。映画の難民を襲うのはナチの戦闘機だけど、わたしはなにから逃げているの？　どんな必要があって逃げているの？　いまひとつはっきりしない。「原子力緊急事態宣言」と言われても差し迫った危機の度合いがわからない。「総理大臣の指示」と言うけど、政治家の指一本で運命を左右されるなんて信じたくない。

押し潰されそうな沈黙の中をカーラジオの声が流れた。携帯電話を盗まれた父さんは、車が動かなくなるとせわしなく手帳をめくり、母さんの携帯電話を使って会社の部下や取引先に連絡をとり、「大丈夫、大丈夫だ」と根拠のない断言を繰り返していた。

それもまあ、最初のうちだけ。寡黙にハンドルを握る父さんの横で、津波のショックから立ち直れない母さんが押し黙り、わたしはそのうしろで、生まれて初めて新聞を隅から隅まで読んでいたんだ。

新聞には「放射能漏れの恐れ」と見出しが躍り、記事を読み進めると「その可能性は低い」と正反対の締めくくり。どっちよ？　いっそ上空から爆弾でも降ってくれば覚悟が決まるのに。

でもね、震災の翌朝に新聞を読めるのも奇跡なんだ。今朝、商店街の壊れ具合を見て回り、愕然としながら自宅に戻ると、新聞配達のおじさんが道路の亀裂や障害物を避けながらスクーターでとろとろ走ってきて、陽気な手つきでホイとわたしに新聞を手渡したんだ。あの感動は忘れられないよ。

「道がガタガタでよ」おじさんは金歯を剥き出して微笑み、「遅れて悪がったな」と謝りさえしたんだ。おじさんの家だって大なり小なり被害は受けたはずなのに。新聞配達どころじゃないはずなのに。

どんな大惨事が起ころうと新聞を作る人は作るし配る人は配る。そう、無名の人たちの地道な働きが世界を正常に回してる。それも一種の奇跡なんだ。この発見を伝えたくてわたしは玄関に駆け込んだけれど、父さんはそれがどうしたという顔で新聞を受け取り、母さんはまだ寝ていた。

しばらくして、防災無線のアナウンスが空に鳴り渡ったんだ。

人口千四百人の津島地区に八千人の避難者が殺到したんだってね。あとで知った数字だけど。いつもなら三、四十分で行ける津島まで四時間近くかかったよ。避難者の車は順番に避難所へ誘導され、わたしたちが乗り入れたのは中学校だった。そう、天野君も通っていたT中学。空は澄み渡り、光さえ肌に冷たかった。標高差のせいか季節を半月くらい遡《さかのぼ》った気がした。

T中学校の体育館に家から持参した毛布を敷いて場所を確保し、両親が横になって休んでいる間、わたしは車に戻り、あらためて新聞を広げ、地震で曲がった東京タワーの頂上アンテナの写真を眺めていたけど、そのうち疲れてうたた寝を始めた。

午後三時三十六分。双葉町や浪江町に残っていた人は爆発音を聞いたってね。とんでもない轟音と衝撃波で家が揺すられ、また津波かと肝を冷やした人もいたんだって。湧き上がる煙を目撃した人もいたそうだよ。風に乗って流れる煙の方向を確認しながら逆へ逆へと逃げたって。

わたしはなにも知らなかった。何十万という人の人生を狂わせたあの瞬間を、胸騒ぎもなく虫の知らせもないまま、助手席のシートを倒してダッシュボードに両足をのせ、うつらうつらしていたんだ。

外が騒がしくなって、なにごとかと靴を履いて外に出た。真っ赤なメルセデスベンツに大人が集まっていた。高級車が珍しくて群がっていたわけじゃない。カーテレビを見ていたんだ。「爆発した」と声が聞こえた。

「爆発？」

富士山が爆発したの？

大人たちが場所を空けてくれて、わたしは運転席側の窓に寄った。車内に人はいなかった。車の持ち主は外で煙草を吸っていた。テレビはダッシュボードの中央に付いていた。超望遠レンズのぼやけた映像が見えた。手前に黒っぽい陸地があり、奥に青い海原が広がり、その境目に福島第一原発の建物があり、赤茶色の煙が湧いている。なにこれ？　女子アナの声が聞き取れない。目を疑っていると映像は爆発の瞬間に戻った。閃光と共に建物のひとつが赤茶色の煙に包まれた。爆発したのは原子炉建屋。同じ映像が次はアップで、次はスローモーションで流れる。無音のせいか妙に現実感の乏しい、絵空事のような爆発だった。

真っ白になった頭を車から離した。爆発したのが自分の頭みたいだ。

「これからどうなるの」「家に帰れないよ」「浪江は終わりだな」「これで浪江もチェルノブイリだ」

大人たちの嘆きをうわの空で聞きながら父さんの車に引き返した。なぜかSPEEDの「Go！ Go！ Heaven」を口ずさんでいた。

ゴーゴーヘブン、ゴーゴーヘブン。

その先は、なんだっけ？

心臓が重い音を立て始めた。

原発が爆発した、ということはわかって、その意味がわからない。意味というか、実感が湧かない。黒い雨が降り出して山林がみるみる枯れ始めたら、空から鳥がぼたぼた落ちてきたら、目に見える異変が実感以上の恐怖を与えたはず。現実には、空は空で、山は山だ。なにも変わらない。

もう元の生活に戻れない。それだけは確かだった。失ったということはわかっても、失ったものが多すぎて頭が混乱している。たとえば詩のボクシング、請戸川の桜、教室の窓の光、洋月堂のショートケーキ、渡辺商店のたい焼き。様々な場面がばらばらになって、引き潮にさらわれていくように遠ざかる。

ごめんね。元気でね。また学校で会おう。

あっ、あっ、あっ、と声に出していた。

天井に伸ばした右手が空をつかんだ。

F中学の教室で過ごしたのは昨日なのに。たった一日前の過去が遠い。手が届かないくらい遠い。あの時間が無性に懐かしく、切なくて、永遠に失われたユートピアのようで、思い出すのが苦しかった。

体育館は避難者でひしめき、横になって脚を伸ばせば人の頭を蹴りそうなくらい。床は冷たい。たった一枚の毛布で夜をしのげるだろうか。ダウンジャケットを着ても冷凍倉庫のマグロにされた気分だ。母さんは雑魚寝なんかまっぴらだと、車中泊にすると言って出て行った。

非常時くらい母親らしくしてよ、と言いたいところだが、母さんは昨夜以来どこか狂っていて、壊れた時計を下手にいじってさらに壊すような真似はしたくない。

「母さんてお嬢様育ちだったの？」

泣いている我が子を必死であやしている母親を見ていると切なくなってくる。

「母さんとは大学のワンゲル部で知り合ったんだ」

身体をくの字に曲げて寝ているわたしの枕元で、父さんはあぐらをかき、母さんとのなれそめを語って聞かせた。

「ワンゲル？」

「ワンダーフォーゲル。ドイツ語で渡り鳥。アウトドアのスポーツでな、野や山を歩くのは登山と変わらんが、自然の中に設定した目標物を探して速さを競うスポーツなんだ。チームでやるからチームワークが重要だ。母さんは二つ下の後輩だったが負けず嫌いでな。新入生のくせに先輩を押し退けてリードしたがるんだ、困ったことに」

体育館の屋根にヘリコプターの爆音が降り注ぎ、わたしたちはしばし黙った。爆音は東から西へと上空を通過していった。

「意外。母さんて生粋のインドア系でしょ」

「うん。一年も続かなかった。でも交際を始めたのは母さんが退部してからだ。母さんは小説家になるのが夢で、父さんも応援していた。父さんは兄貴の勧めで不動産業に進むと決めていたから、母さんは高収入を見込んで父さんと付き合ったのかもな。あの頃の不動産業といえば時代の花形だったし」

　母さんは女子大生作家としての華々しいデビューを夢見て新人賞に応募していたが、落選の連続で心が折れ、次に翻訳家を目指したものの出版社への就職も厳しく、父さんにプロポーズされて福島県の教員試験を受けたという。「おれが面倒を見てやるから君は一生かけて自分の夢を追えばいい」そんな気取った口説き文句が母さんの胸に刺さったのだ。しかし母さんの家族は結婚に反対だった。父さんの人柄も家柄も認めていたが、「どうしてよりによって東北の僻地なんかに」という偏見が強かった。

「原発以外なにもないところと言われた。とんでもない言い草だろ。東京から見た原発の町はそんなイメージだったんだ」

「その原発で作った電気を東京の人が使ってるのにね」

「当たらずとも遠からずだ。父さんが東京で就職していれば、こんな目に遭わずに済んだんだ。

いまごろ、母さんの頭の中で後悔が渦巻いているかもな」

それは、あまりに哀しすぎる想像だ。

「父さんの会社はどうなるのかな」

「心配するな。落ち着いてまわりを見回してみな。ここにいる人たち全員、帰る家をなくしたんだ」

わたしは首をめぐらした。まるで難民船。暗い海を漂い、行方もわからない船の甲板にひしめく人たち。わたしもその一人だ。

「同じ境遇の人が何万人といるはずだ。仮設住宅が早急に必要だ。持ち家が欲しい人も出てくる。仕事はいくらでもある。トラブルがあってこそチャンスは生まれるんだ。なあ明日香、成功する人と脱落する人の違いはなんだと思う。物事には必ずよい面と悪い面があるんだ。両面を平行して見れる人は必ず成功する。悪い面ばかり見たがる人は悲観するだけで努力をしない。明日香もこれから大変だろうが、できるだけ笑顔でいろ。笑顔は人を安心させる。苦しいときほど笑顔は人を集める。それが自分を救うことにもなる」

「父さんはポジティブだね」

「商売柄、いろんな人を見てきたからな」

父さんの助言に従い、なにか希望の持てることを考えようとして、不意に思い出したのは天野君がいつか言った、「ハナに会いに今度うち来る?」だった。

そうだ、明日天野君ちを探してみよう。

天野君に関してわたしの知ってる情報といえば、津島の酪農家の次男坊、三代前は満州からの引き揚げ者、お父さんは毛髪が薄い、それだけ。住所も連絡先もわからない。ほぼ一年間教室の机を前後して、わかっているのはこれだけ。だって必要ないと思っていたから。けれど、同じ苗字の家が多い津島で天野という苗字は珍しいから、地元の人に尋ねれば天野家を探し当てるのは難しくないはず。問題は、山また山の津島のどこにあるかだ。津島はかつて津島村だっただけあってとんでもなく広いのだ。

炊き出しのおにぎりを一個ありがたくいただき、調査を開始しようとしたら、クラスメイトの佐々木佳子にばったり出会った。赤いスタジャンのポケットに両手を突っ込み、玄関先で遠慮がちに中を覗いている。渡りに船とはこのこと。彼女の家も津島だ。

「おう中村、ここにいたんだ。ひでえ顔して大丈夫か。顔面が被災地だぞ」

佳子の口の悪さは毒舌芸人級だ。

「ほんと？　今朝は鏡見てない。ろくに寝てないし食べてないし顔洗ってない。やだ、鏡見るの怖い。でも佐々木の顔だって人のこと言えないよ」

「この顔は生まれつき」佳子は寝起きのようなモジャモジャ頭を掻いた。「ろくに食べてないのはわたしも。お母さんがさ、避難してる人の苦労を思えって、ゆうべも今朝もおにぎり一個しか出さねえの。海苔巻いてるだけ贅沢だろって。わけわかんねえよ。わたしだって炊き出し手伝って死ぬほどおにぎり握って、見るのも嫌だってのに」

「ごめんね。おにぎり涙が出るほど美味しかったからね」

佳子と話しているとセメントのように強張っていた顔筋が溶けて緩んでくる。

佳子は近くの避難所を回って同級生の誰がどこにいるか調べていた。メモ帳を取り出し、〇〇と××は小学校、△△は幼稚園、と十人くらいを早口で読み上げ、「わたしんちは郵便局近くのパーマ屋だから遊びに来なよ。貧乏だけど風呂とこたつとテレビはある。みんなにも言ってあるから集まろう」

「うん、ありがとう。郵便局ってこの道沿いだよね、必ず行く」

じゃあな、と次の避難所へ向かおうとする佳子を慌てて引き止めた。「あのさ、天野君の家ってここから遠い？」

「天野んち？　近くもないけどめちゃ遠くもない。三キロくらいかな、歩いて行けなくもない。行くのか？　これから？」

佳子はメモ帳にさらさらと地図を書いてわたしに手渡した。「でも天野んちになんで行くわけ？」彼女の口元がにやついた。

「いやいや、前から子猫を見に行く約束をしてて。その子猫っていうのが実は去年うちの庭で野良猫が産んだ子で、天野君ちが引き取ってくれたんだ。その子を見に行く」

「初耳だな。天野そんな話したことねえぞ。うまくいったら報告しろよ、夕方にでも」

「子猫見に行くだけだよ」

「わかったわかった。とにかくさ、必ず来いよ、わたしの家。少なくとも体育館よりはましだぞ」

佳子は快活に手をふり背中を見せた。スタジャンの背にピカチュウのワッペンが縫い付けてあった。

「ありがとう、必ず行くからね」

わたしは手を振った。どちらかといえば佳子は苦手なタイプだったのに、彼女の誘いがありがたくて全身に活力が漲ってきた。

急ぐ理由はなかった。午後でも明日でもよかったけど、佳子に背中を押された勢いで行動を起こしたかった。親には内緒だ。言えばきっと反対される。いまは八時十分。ゆっくり歩いてもお昼までには帰ってこれる。

津島の集落を歩くのは初めてだ。限界集落寸前のさびれた山村をイメージしていたが、中心部は商店も多く、立派な旅館もある。一人におにぎり一個の食事に愚痴をこぼす人もいたけど、津島の人たちが数千人の避難者のためにお米を提供してくれたのだ。数千個のおにぎりのためにどれだけのお米を炊いたのかを思えば、一軒一軒の家にありがとうと言って回りたかった。

歩き出しは元気だった。どこまでもずんずん歩けそうな気がした。しかし中心部を過ぎて脇道に入ると道幅がせまくなり、ゆるい坂道が続いた。民家もまばらになると心細さも手伝い、体力の消耗を自覚した。疲れたは東北の方言で、こわい。大人だけでなく男子もたまに「こえぇ」と声に出す。「疲れた」は弱音を吐く言葉だが、「こえぇ」には踏ん張ろうとする意地がある。「こえぇ」とわたしも声を振り絞った。引き返すくらいなら行き倒れた方がましだ。知らぬ間にうつむいて歩いていたが、視線を地面から引き剝がし首を上げた。空高くトンビが舞っていた。

二日連続の不眠と栄養不足のせいだ。気力で補おうにも意気が上がらない。身体の芯から生気が抜けていく。足は重く、頭から血の気が引き、めまいもしてきた。脱力感で全身いっぱいになり、地球の重力に負けそうだ。

神社の入り口に倒壊した鳥居があった。横倒しの柱に腰掛ければバチが当たりそうで、地べたに座り寄りかかった。佳子が書いてくれた地図によれば、天野君の家へ至る道はさらに上り坂になる。上りきる自信はない。アドレナリンも枯れた。

天野君の携帯番号を聞いておけばよかった。でも佳子は携帯電話を持たないから、聞いてもたぶん無駄だったろう。

天野君も歩いてる道だと思えば、いまにも彼が通りかかりそうな気もするけど、偶然に期待するのはよそう。偶然が起きたとしたって天野君に迷惑をかけるだけだ。

だめだ、進退きわまった。このままじゃ野垂れ死にだと観念し携帯電話を手にした。神社の名を父さんに伝え、助けてと頼んだ。父さんは理由も聞かず「すぐ行く」と承知したが、それから父さんの車が到着するまで三十分もかかった。しかも助手席には母さんまでいた。なぜ母さんが？

父さんはわたしを乗せるとそのまま直進し、引き返そうとしなかった。

「このまま福島市に行く」

父さんの言葉に、頭をガンと殴られた気がした。

「逃げるの」母さんの声が引き攣っている。

振り返った母さんの顔が蒼白だ。「三号機も今朝から冷却機能停止だって。三号機が爆発したら間違いなく二号機に連鎖する。原発は全滅よ。ここも安全じゃなくなる。県の災害対策本部から双葉町役場に電話があったんだって。役場に勤めてる父さんの友だちが、早く逃げろって父さんに教えてくれたの」

「国は情報を隠してる」父さんは非現実的なことを断言した。「自衛隊が逃げてるんだ」

「引き返して」わたしは信じなかった。「津島に友だちがいるの。今朝会って話をして、また会うって約束した」

「わがまま言わないの！」

母さんがヒステリックに声を荒げた。怒りがどこを向いているのかわからない。わたしなのか、原発なのか、東電なのか国なのか。

「わがままじゃない。その子、みんなのためにおにぎり握ってくれたんだよ。父さんも母さんもそれ食べたんだよ。裏切れないよ」

「携帯で謝っておけばいいでしょ」

「その子、携帯持ってない」

「じゃあ無理ね」

右折すれば天野君の家に通じる分岐点も通り過ぎた。わたしは固く目をつぶった。わたしは卑怯者だ。薄情者だ。裏切り者だ。必ず家に行くって佳子に誓ったのに。みんなで集まろうって約束したのに。

天野君ごめん。心の中で謝った。ごめんごめん。天野君とは約束していない。それでも自分が許せなかった。天野君だけじゃない。津島の人みんなに、津島に残った避難者全員に謝った。自分だけ助かろうとする罪悪感で胸が張り裂けそうだった。

振り返り、遠ざかる風景を見送った。いろんなものが失われていく。一度失ったら取り返しのつかないものたちが容赦なくわたしから引き剝がされていく。それが痛くて、痛くて、比喩じゃなく現実に痛くて、心臓が潰れて血を吹きそうだ。

地震が起きてからずっとこうだ。わたしの意思なんてないも同然で、否応なしにどこかへ運ばれていく。そのたびなにかを失い、自分が否定されて、自分が自分でなくなっていく。せめて、せめて、原発がなかったら、わたしはわたしでいられたのに。

5

福島市にある、伯父さんが経営している不動産会社の応接室が、わたしたちの次の避難所になった。テレビはあるし、給湯室は自由に使えるし、暖房もある。

十四日、三号機の爆発をテレビで知った。爆発の煙はキノコ雲のように高く上った。衝撃も限界を超えると逆に、なにも感じない。父さんにも母さんにも外出を禁じられ、窓から外を眺めて過ごした。世界の終わりの風景を目撃している気分だったが、まだまだ、これで終わりではなかった。

十五日には二号機が爆発、原子炉格納容器損傷。四号機で火災。最悪の底が抜けたかと思えば、さらに最悪の事態が待っていて終わりがない。メルトダウンが起きているかも。一から六号機まですべての原子炉がメルトダウンを起こしたらどうなるんだ。想像もつかないことを想像してみる。それは大地にブラックホールのような穴が開くイメージで、穴は周辺の土地を呑み込んでじわじわ巨大化していく。双葉町も大熊町も浪江町も穴に落ち込み、日本から消されていくのだ。

十六日、石橋さんのお母さんが死んだと母さんに連絡が入った。

石橋さんのお母さんは浪江の病院から二本松市の避難所に搬送され、転院先を探している間ろくな治療も受けられず、床に敷いたマットレスの上で冷たくなった。被曝の可能性がある患者は入院させられないと、受け入れを拒む病院が多かったそうだ。

「この日本で、そんな理由で命を落とすなんて」

母さんは携帯電話を握りしめ、床にうずくまり絨毯を掻きむしって号泣した。あんまり激しく泣くからこのまま正気を失うんじゃないかと本気で心配した。

津島の住民も避難した。津島に避難していた人たちは避難に次ぐ避難。浪江町ぜんたいごっそり人が消えたのだ。佐々木佳子も、天野君も、自分の家を失った。牛たちは置き去りだろうか。犬や猫は？　ハナはどうしてるかな。悪いことばかり立て続けに起こる。ハナには生きていてほしい。置き去りにされたハナが津島の森で生き延びてくれたら、わたしには、それだけが希望の光だ。


伯父さんの不動産会社はごたごたとせわしない。応接室に籠もっていても事務所の混乱した空気は伝わってくる。父さんも休む暇がない。避難地域以外の住民も避難を始めて、賃貸住宅の空き部屋を探しているのだ。

福島市に避難してくる人がいる一方で、福島市から他県に避難する人もいる。伯父さんの会社も社員が減っていった。父さんは自分の部下に電話をかけて呼び寄せ、戦力の穴埋めをしようと躍起だった。

テレビを見れば、屋根の吹き飛んだ原子炉建屋に、自衛隊のヘリコプターが海水を撒いて冷やしている。まるで山火事みたいに。東から風が吹けば福島市は風下だ。この風はどっちからよと空を見上げた。子どもたちはマスクをしている。水道水からセシウムが検出され、お店の棚から飲料水が消えた。

浪江町は町役場ごと二本松市に避難したという。「わたしたちも行こう」と母さんに頼んだが、わたしに選択権はなかった。母さんは東京の実家に電話をかけ、避難の交渉を始めていた。

※

震災直後の東京はよかった。

東京も大震災の被災地の一部だった。

程度の差はあっても一蓮托生。東京にだって放射能の雨は降る。

新宿の街を注意深く歩けば、激震の痕跡はあちこちに見つかった。たとえば古いビルの外壁に走るひびとか、欠けたタイル。歩道と建物との境に開いた裂け目や、こぼれたコンクリート片。

高層ビル群を見上げて「まてんろう」と口にすると揺らぎだす。あれぜんぶ蜃気楼みたいに。

壊れろ、と呪文。「こわれろ」

母さんの実家からも高層ビル群は見える。地震の最中あんまり揺れるから、ポキンと折れるんじゃないかと祖母ちゃんは本気で心配したそうだ。

母さんの実家は笹塚にある。新宿の繁華街まで歩いて行ける距離だ。F高校の方針について四月九日に説明会を開くと通知があり、わたしは待つつもりだったが、母さんはそれまで待てないと言い張り、東京のS高校に転校させようと手続きを進めた。そこは母さんの母校でF高校より偏差値が高い。わたしは尻込みしたが母さんは強引だった。

「F高がのんびりしていたの。東京の進学校で少しは揉まれなさい」と譲らない。

原発被災地にある高校の生徒は無試験で希望校に入れる特例措置があるから、利用しない手はなかったのだ。

新学期が始まるまで、わたしは毎日東京を歩いた。東京は初めてじゃないから、夕暮れになれば街の暗さは感じでわかる。街路灯の明かりは半分になり、コンビニもデパートもまるで穴蔵の営業。音楽も呼び込みもない。看板の電球も消え居酒屋は自粛中で、オフィスビルの窓も黒い。東北にある東電の発電所が軒並み壊れて電力が足りないのだ。

夜空を見上げていたら、知らないおじさんが寄ってきて「ほら、あれは〇〇座」と星座の名前を教えてくれた。「街が暗くなって三等星までよく見える。原発事故が起きて良かったことのひとつだよ」

原発事故が撒き散らした放射性物質は東京にも降り注ぐ。水道水を飲むなとかほうれんそうは食うなとか赤ちゃんに母乳は危険だとか、どこまでが真実なのかデマなのか情報は溢れて、それで悩む人は勝手に悩めばいい。

東京でならわたしは被曝してもいい。どんなに被曝したって福島に住む人の被曝線量の半分にも満たない。原発作業員の百分の一にも満たない。

雨が降れば傘をさして歩いた。

「この雨って濡れるとヤバくない？」

「わたしたち、ぜったい被曝してるよね」

ＯＬの会話が耳に入った。傘の露先がわたしの頬をかすめ、しずくを飛ばした。

あっ、被曝した。

しずくを指でぬぐい、空を見上げた。放射能の塵を含んだ雨粒が際限なく降り注ぐ。目を凝らせば鉛色の一粒一粒が見えてくる。被曝は怖くない。被曝することで福島と繋がれるなら、それでもいい。傘の下から手を伸ばし、雨水を手のひらに受け止めた。

この雨の下にいる人、みんな死ねばいいのに。本気でそう思った。


母さんの実家に不満はない。普通の家の普通の人たち。まあ、多少の問題はどこの家庭だって抱えているもの。祖父ちゃんは理屈っぽく口うるさい。叔父さんは自己中心で権威主義。祖母ちゃんは甘やかしで、叔母さんは影が薄い。従姉が二人いるけど、長女はイギリス留学中で次女はカナダ留学中だ。この家にいると母さんの人格形成のルーツがよくわかる。

中学までは毎年お盆と正月、母さんと過ごした家だから様子は知っている。あのとき泊まった二階の和室が、わたしたち親子の避難所になった。それとは別に、従姉の勉強机を廊下の突き当たりに置いて学習スペースを確保した。わたしは受験生なのだ。

母さんはどうやら心の病だ。承認欲求の強かった母さんが一転、対人恐怖になった。外出も嫌がり寝込んでばかりで、すすり泣いたりうなされたり。家族とご飯も食べられないから、わたしが毎回お膳を部屋に運び、差し向かいで食べた。精神科で診てもらったらと勧めても「無駄だよ」の一点張り。

「薬なんかでごまかしたくないね。原因はわかってるんだから付き合っていくよ」

その原因がなんなのか、母さんは決して明かさない。病を大事に抱えて治したくないようにも見える。

「わたしだってPTSDかもよ」

わたしなりに対抗しようとしても、つまらなそうに母さんは鼻を鳴らす。

「毎日、元気に歩き回ってて？」

「毎朝、京王線の始発の音で飛び起きるんだよ。線路って遠いじゃない。電車の音も微かなのに、夢の中で増幅されて津波の音に変換されるの。どんな夢を見てようがおんなじ。夢の中に津波がどっと押し寄せてぶち壊す。なんだろうと粉々にして押し流すの。あっと叫んで飛び起きるのが何日も続いて」

「そんなこと言ったって明日香、津波を見てないでしょ」

「見てなくても夢に出るの。怖いの」

「夢を見るだけましだよ、眠れるんだから。わたしは一睡もできない」

「母さんは昼寝してるから」

「わたしがいつ昼寝なんてした？」

わたしはそこでものが言えなくなる。

母さんの心がわたしにわからないように、わたしの心も母さんにはわからない。

あっと叫んで飛び起きたあとの、津波が身体を通り抜けていったような寒々しさ。水死体が胸底に沈んでいるような重苦しさ。津波を見てないのに、殺伐とした目覚めをなぜ強いられるのか自分でもわからないのだ。

祖母ちゃんは毎日、こっそりわたしを呼んでは「これで遊んでおいで」と千円札を握らせる。その半分を小銭に替えて、わたしは街を歩き募金箱を見かけては片っ端から落としていく。たった半月で新宿の街も変化していった。たとえば「がんばろう東北」とか「絆」とかのポスターやステッカー。街角や車のボディに、細胞分裂みたいに増殖していった。

街にやさしさが溢れた。使命感に燃えたボーイスカウトが声をそろえて募金を呼びかける。コンビニのガラス壁を飾る「心をひとつに」の手書きポスター。デパートは「助け合い」的な意味の垂れ幕を掲げた。みんな競い合うように被災地へ共感を寄せていた。

そうした街の空気は苦しい。やさしさはいつか終わるから。いずれ飽きるのは目に見えているから。やさしさに期待するのは怖い。いつ、手のひらを返されるかわからない。

夕暮れどき、四谷駅に近い外濠公園の土手に立って、防衛省ビルの屋上から自衛隊ヘリが飛び立つのを見ていた。西日が射してまばゆいビル街に爆音をばらまきながら、自衛隊ヘリは大きく旋回し、藍色が深まる北北東の空へ進路を変えた。

ずんぐりした胴体に、点滅する光と顎先から放つサーチライトが、深海魚を思わせた。

原発を冷やしに行くのかな。

事実なんてどうでもいい。そんなふうに想像するだけで、見送るわたしも空中に吸われてふわり、浮き上がっていく心地がした。

東京が節電や自粛に終止符を打ったのはいつだったろう。テレビにお笑い番組が帰ってきた。叔父さんも「経済復興に貢献してきた」と酒の匂いをさせて帰宅する日が増えた。わたしがはっきりとそれを認めたのは五月の初めだ。あれは忘れられない。

新宿三丁目の交差点。あれは唐突な出現だった。大型トラックの宣伝カーが、ギラギラの光と大音響で周囲を席巻し、目の前を通過していった。あの衝撃といったらない。

風俗店専門の転職サイトの宣伝カーだった。「楽して愉快に高収入」を謳っていた。

6

転校初日から目立たないように心がけてきた。教室の子たちも、被災地からの転校生に好奇心を向けたのは初日くらいで、心を開かない相手とわかればそれとなく距離を置いた。放置はあってもいじめはなかった。誰もわたしを傷つけなかった。わたしはわたしで、ハリネズミのように全身の刺をピンと立てていた。

笑わないと決めたら一日中笑わなかった。誰が笑っていようと気にしない。おしゃべりの輪を避け、トイレに行くのも一人。英語の授業でも、音読の順番が回ってきたらわざと棒読みで読んだ。よほど変だったのか、「英語までなまってる」とくすくす笑いが聞こえた。

それはまあ、それだけのこと。わたしはもともと独りぼっちなんだし。昔着ていた服に袖を通すように、孤独はわたしの肌にしっとりなじんだ。F高時代が特別だったのだ。フレンドリーな仲間にたまたま出会えただけ。わたしの中身は変わっていなかった。

F高校は県内四つのサテライト校に分散した。サテライトは衛星とか人工衛星を意味する言葉。人類存続のため、環境が悪化した地球を捨て衛星軌道にコロニーを作るのはSFによくある話。F高校は存続のため、原発事故で閉鎖された校舎に代わり、他校に間借りして授業を再開したのだった。

県内避難した友だちの多くは、サテライト校に通学しF高生として卒業する道を選んだ。彼らにとって母校はF高校しかない。そんな当たり前がわたしには妬ましかった。風薫る五月、サテライト校は遅いスタートを切った。それを境にわたしの携帯電話は静かになった。誰からも電話がない、メールすらない日が増えた。みんな、前を向いて歩き出したのだ。

わたしもそう。新しい学校に適応するのに必死だった。S高校の授業は予想以上にハイレベルで、予習なんて役に立たなかった。追いつけないどころじゃない。わたしが懸命に地面を走っているのに、他の生徒は空を飛んでいる感じだ。次元が違う。小テストのたび手のひらに冷や汗がにじんだ。

教室の窓から外を見るたび、自分が間違った場所にいると感じた。雑多な屋根がひしめく街の彼方に、高層ビル群が霞んでいる。雲ばかり雄大で、明るく絶望していた。

空を飛んででも教室の窓から逃げ出したかった。もしもあの時期、三浦樹里に出会えなかったら、わたしは本当に空を飛んでいたかもしれない。

彼女は五月半ばに転校してきた。教室は違った。彼女の方で、同郷の避難者がいると聞きつけ、わたしの教室を訪ねてきたのだ。

「中村明日香さん？」

放課後だった。帰り支度をしていたわたしは、自分を呼ぶ声に顔を上げた。黒板の前で男子がわたしを指差していた。その横に立っていたのが樹里だ。目が合った瞬間、彼女の眼差しがわたしをがっちり捕捉した。彼女にお礼を言われ、男子は照れて鼻の下をこすった。「君さ」と話しかけた男子を軽くいなして、彼女はわたしに近づいてきた。わたしの心拍数が上がった。ナチュラルメイクで目鼻立ちのくっきりした、きれいというより、かわいいというより、凛とした人だ。

それが始まりだった。彼女はわたしの前の席に横向きに座り、一方的なしゃべりでわたしを圧倒した。

「いきなり名前を呼んじゃってごめんなさい。わたしは三浦樹里。中村さんと同じ福島からの転校生。家はいわき市にあったんだけど津波に流されて、なんだかんだあってこっちに避難したの。よかった。一人じゃ心細いじゃない。仲間が欲しかったのよ。ねえ、わたしたちの他に福島の人、いる？」

わたしはスクールバッグのジッパーを閉めた。「たぶん、いないんじゃないかな」

「たぶん？　いるかもしれないってこと」

「三年生にはいない。他は知らないけど」

わたしの前の席の子が樹里を見咎め、足音荒く、追い払いにやって来た。

「ここ、わたしの席ですけど」

威圧的な声を、樹里は「いまどきますから」と受け流した。涼しい顔で立ち上がり、すれ違いざま冷ややかな流し目を送った。一閃の光が相手に切り込むような目つきだ。横にいたわたしまでぞくっとした。

行こうよ、と樹里は目でわたしを誘った。わたしは彼女を追って教室を出た。

「いけずな人、ほんま嫌やわ」

樹里は変な関西弁を使った。

「え？　いわきの人ですよね」

「むかついたら関西弁に切り替えるんよ。しゃべってるうちに笑えてくる。嘘やないで、中村さんもやってみなはれ」

校門を出る頃には、樹里は笑っていた。

「わて、関西弁ようできん」おそるおそるまねてみた。「三浦さんは上手やな」

「テキトーやテキトー。芸人目指してるんとちゃう。それらしく聞こえればええねん」

二人で大笑いした。東京に来て、腹の底から笑ったのは初めてだ。

駅前のサンマルクカフェに入った。樹里にとってサンマルクのチョコクロは噂に聞いていた憧れのパンだ。陳列棚の前で樹里はトングをカチカチ鳴らした。

「この店見つけたときは小躍りしたけど、一人で入るのは抵抗があって。おいしいもの食べても共感してくれる相手がいないと哀しいでしょ」

二階の窓際でテーブルをはさんだ。この状況がわたしには夢のようだ。

「いわき市にサンマルクなかったっけ」

「ない。いわきなんて田舎だし」

「でもプリクラはあるよね」

「あるよ。なんで？　やりたいの」

「運動部の子が遠征でいわきに行くと、空き時間にプリクラのお店行ってがんがん撮りまくってた。わたしたちの基準でいうと、プリクラがある街は都会で、ない街は田舎。浪江と比べたらいわきは都会だ」

「都会と田舎とでどっちが偉いんだろうね。東京なんて、ハイテク都市だなんて威張っても自分じゃ電気を作れないでしょ」

「東北電力に頼んでさ、東京に原発を建ててもらおうよ。東京で作った電気を東北に送って使うの。それでチャラじゃない」

「うわ、それ最高の嫌がらせ。中村さん東京に喧嘩を売る気だ」

「まさか。負ける負ける」

「いいから売ろう。喧嘩売ろうよ。わたしはさ、東北人は素朴で控えめで我慢強いっていうマスコミが作った評判を壊してやるつもり。ゴウマンでエラそうでワガママな東北人をとことん演じてやるんだ」

演じるまでもなく、樹里は十分に傲慢で偉そうでわがままだ。それが嫌味に感じないのは、樹里の性質が真っ直ぐで潔いからだ。

樹里はI高校から転校してきた。県内屈指の進学校だ。I高校ならS高校と同格。本来なら接点のない樹里とわたしが、同じ制服を着てチョコクロをかじってる。その不思議をわたしは噛みしめた。

F高生だったと話すと、樹里はふうんと唇をすぼめた。自分が値踏みされたようで、わたしはこっそり奥歯を噛みしめた。

「F高ってたしか野球強いよね。何度も甲子園に行ってる」

「三回。I高校の方がもっと行ってる」

「昔はね。男女共学になって弱くなったとか言われてる。失礼な話でしょ。頭の固いOBは女子のことをスギ花粉のように言うの」

「三浦さんは、どうして避難したの?」

樹里は心外そうな顔でわたしを見返した。

「原発が爆発したからに決まってるでしょ」

そう。それはわかる。いわき市にも放射能の風は吹いたのだ。でもわたしは、いまひとつ納得いかない。

「I高校はF高校のサテライト校だよ。I高校の片隅でF高生が授業してる」

「知ってる。だから?」

「わたしの友だちもいわきに避難して、サテライトに通ってるんだ。だからさ、よくわからない。友だちは、安全と思っていわきに避難したのに、そのいわきから、東京に避難した人もいる。なんか変だなって」

わたしの声には、わたしが意図した以上に刺があった。樹里は静かに反撃した。

「いわきに避難した人は、住むのに便利だから避難しただけでしょ。いわきだって安全じゃない。わたしは体育館にいたことがあるんだ。放射能が入るから窓や戸を閉め切って、埃っぽい中で我慢してた。息苦しいし、更衣室はないし、仮設トイレは不潔。みんな怒ってた。地元の人が不便を強いられてるのに、原発の近くからきた人は優先的に公営住宅や公務員宿舎に入ってるのよ。なんでよそ者が優遇されるの。可哀想だから？」

「可哀想って、他人事だから言えるんだよ。いわきの人は復興が進めば帰る場所があるよね。希望があるだけいいじゃない。わたしたちには帰る場所がない。家はあっても帰れないんだよ」

「帰れない家なら夢に見ればいい。津波にやられた家は夢でも見たくない。体育館が満員になると、一階は津波にやられても二階が残ってる人は家に帰ってくださいと言われたんだよ。冗談じゃない。親戚の家がそうで、わたしも泊めてもらった。二階は無事でも一階はまるでお化け屋敷。帰る家があるだけマシなんて、そんな単純なことじゃない。夜は寒いし怖いし眠れない。闇の奥から波の音が聞こえるの。波音に死んだ人の声が混じるの。生きている自分が、生きてるってだけで恨まれてる気がした。わかる？」

「わかるよ。まだ生きてる人のうめき声が瓦礫の下から聞こえてきたんだって。わたしの町も海辺は津波にやられて全滅でさ。でも原発事故があって救助活動が中断されて、泣く泣く引き上げた人は、いまもあの声が耳にこびりついて眠れないんだって」

　途中から声が凋《しぼ》んでいった。これは聞いた話で、わたしの体験じゃない。放射能が目に見えないように、地元が放射能に汚された哀しみは言葉にできない。そもそも、地元の悲劇を喧嘩腰で言い合う意味がわからない。

同じむなしさを感じたのだろう。「止そう」と樹里はテーブルに手を置いた。「ごめん。いつの間にか不幸自慢になっちゃった。こんなの最低だ」

「こっちこそごめん。死んだ人に失礼だね」

「わたしたち震災の生き残りなんだよ。死んじゃった人が聞いたら怒り出すよ。生き残りは生き残りらしく精一杯生きろって。だからさ、わたしたち協力しようよ。アウェイで闘う者同士でチーム組もう。二人でチームっていうのも変だけどさ」

闘う？　わたしにはそんな意識、毛の先ほどもない。宮城県の被災者がテレビのインタビューに答えて「おれたちは日常を生きることが闘いなんだ」と勇ましいことを言ってたのをうっすら覚えているだけだ。

樹里はテーブル越しに手を差し伸べた。こんな漫画的なシーンがわたしの目の前で展開するなんて、人生は意外性の連続だ。わたしはうろたえながら彼女の手を握った。強く握り返されて全身が熱くなった。樹里がにっこり微笑んだ。わたしが男だったらコロリと参ってしまう絶品の笑顔だった。

樹里は週に二、三回、わたしをサンマルクカフェに誘った。校内ではもっぱらメールを交わし、廊下で会っても目を見交わすだけ。すれ違い際のアイコンタクトが、わたしには至福の一瞬だった。

樹里から誘いのメールがくると心拍数は一気に上がった。英語の授業でうっかり流暢《りゅうちょう》な朗読を披露してしまい、教室がどよめいたこともある。わたしは友情に飢えていた。樹里といると、なにかにつけ格の違いを思い知らさる。対等の関係ではないのに友情と呼べるのか自信はないけど、彼女といるのは楽しかった。傲慢で偉そうでわがままな人には慣れている。震災からずっと母さんは病んでいるから、心のどこかでわたしは強い人を求めていたのかもしれない。

「なにがチリンチリンやおっさん。歩道は歩行者優先て常識やろ、このボケ」

相手に聞こえない小声で口走り、ぺろっと舌を出す。樹里の口からいい加減な関西弁が飛び出すたびゾクッとした。これは恋かと疑う強度で。

「おっさんは隅っこ走っとれ」

わたしも尻馬に乗り、関西弁を真似てはゾクゾクを倍増した。でもまあ、間違っても恋愛には走らない。樹里には彼氏がいる。

樹里は遠距離恋愛をしていた。I高校のひとつ先輩で、いまは関西大学にいる。樹里も関西大学を目指し受験勉強に励んでいて、いい加減な関西弁はつまり大阪暮らしを意識したメンタルトレーニングだ。樹里は携帯を開き、先輩とのツーショット画像を見せた。ひょろっとして、イケメンだけど気の弱そうなやさ男だ。あまりに予想どおりのカップルだったので思わず笑ってしまった。

わたしの志望校は第一から第四まで都内の私立大学だ。英文科で教職課程をとり英語の教員になるという、野心のかけらもない将来設計を描いていた。

一学期の中間試験は、学年順位で中の下だった。ビリも覚悟していたわたしには上出来だ。サンマルクカフェの二階で樹里が、各教科ごとに試験の山を張ってくれた。それがことごとく的中したのだ。

転校して最初の成果に、母さんも胸を撫で下ろしていた。

「まあまあってとこね」樹里のおかげだってことを母さんは知らない。PTSDを理由に家でごろごろしている自分を棚に上げ、「やればできるって証明したじゃない。期末試験はもっと上を目指そう」と人の尻を叩いた。

ところが、期末試験では樹里の張った山という山が崩落した。わたしの順位は崖っぷちまで転落した。でも、これが本来の実力なのだろう。現実を知らない母さんは「学校でいじめられてる？　放射能がうつるとか言われて仲間外れにされたり」と的外れの心配をした。まさか、小学生じゃあるまいし。

樹里も成績を落としたが、わたしと比べたら微々たるものだ。サンマルクカフェで樹里は、お詫びのしるしだと抹茶パフェをおごった。「ピンポイントしか勉強しなかったわたしが悪い」と断っても、「そこまで信頼されてたのに裏切った」と譲らなかった。

軽く「ごめんね」と言ってくれたら済むのに。自分を責める樹里を見てると、問題用紙を前にして血の気が引いてきた、あの嫌な感覚が甦ってくる。

逃げたかった。この現実ぜんぶから。手を膝に置いて黙っていると、なぜパフェを食べてくれないのと樹里は怒った。支配されてると思うとやりきれなかった。わたしの成績を上げることは樹里のプライドに関わる問題なのだ。このパフェは彼女のプライドの防衛ラインだ。

「忘れてない？　わたしたちチームだよ。二人で上を目指さないと意味ないの」

樹里を傷つけたくなくてスプーンを取る。

溶けかけの抹茶パフェはスプーンを入れるやいなや形を崩していった。

震災前はこうじゃなかった。みんな、なんとなく生きていた。試験はばくちと同じ、成功も失敗も運不運。それでよかった。震災が起きてからだ。生きることに自意識過剰になったのは。テレビカメラの前でみんないいことを言う。命の尊さとか家族のありがたさとか、名言集に入れたくなることを平気で口にする。わたしには思いつかない。言葉にしてしまうと生きることが窮屈になる。

拡声器のだみ声が聞こえて窓の外に目をやる。右翼の街宣車が駅前ロータリーをゆっくり回っていた。「東電幹部は腹を切れ」「日本を汚した国賊は死刑だ」と物騒な発言がぽんぽん飛び出る。

「ばか丸出し」樹里は眉をひそめた。「頭からっぽの人ほど声でかい」

脈絡もなく、今朝のＮＨＫニュースを思い出した。夏の全国高校野球の県大会が各地で始まった。原発事故のあった福島県でも開会式が開催される。

早朝、郡山市にある開成山球場で、高野連の人がホームベースの上で放射線量を測っていた。

基準値を超えれば開会式は中止だが、測定器の針は基準値以下を差していた。

「茶番だ」祖父ちゃんは箸の先をテレビに向けた。「あんなのはただの儀式だ」

「前もってあそこだけ掃除したかも」叔父さんはシャケの身をほぐしながら冷笑した。

ニュースは後半でF高校野球部にスポットを当てた。部員の多くが転校した。残った部員もサテライト校に分散し、合同練習ができるのは土日のみ。それでも甲子園を目指す。試合は十五日、明後日だ。全校生徒が震災後初めて応援席に集結する。「とても楽しみ」と一年生の女子が瞳を輝かせていた。

右翼の街宣車が去ったあとも、彼らが掻き乱した空気は駅前に残っていた。

「塾の夏期講習とか考えてる？」樹里は尋ねた。「ううん」わたしは首を振った。

逃げたいと思いながら、逃げる手段となると自殺しか思いつかない。確実に死ぬなら電車に飛び込みだが、一瞬でも痛い思いをするのは嫌だし、公衆の面前でスカートがめくれて死ぬのは嫌だ。内臓丸出しはもっと嫌だ。


七月十五日の朝はいつもと変わらなかった。制服に着替え、教科書をバッグに入れ、お弁当を受け取り家を出た。家事をしない母さんも、わたしのお弁当だけは手作りしてくれる。母さんの実家の誰もが、わたしが学校に行くと信じて疑わない。わたしも心の半分は、自分が学校に行くと信じている。

いつもの京王線。いつもの車窓の景色を眺め、いつもの振動に揺すられる。いつも降りる駅でドアが開く。同じ学校の子たちがホームに吐き出される。いつもと違うのは、その様子を傍観している自分がいることだ。

ドアが閉まった。自分がどうしたいのか決められないまま次の駅に運ばれていく。死ぬの？　どうするの？　頭の中で呟きながら次の駅で下車し、橋を渡って反対方向の電車に乗り換え、特急新宿行き。「次は終点新宿」ふわふわした心のまま、一線を越えていた。

電車に飛び込むか、電車に乗って学校をさぼるか、選ぶとすれば後者に決まっている。だからわたしは、死んだつもりで学校をさぼるのだ。

新宿駅で中央線に乗り換え東京駅で下車。連絡通路で方向音痴を修正していると携帯電話が鳴った。樹里からだ。鳴り止むのを待って、電源を切った。これで退路を断ったも同然だ。雑踏にもまれて流されていく。腹が据わったんだか据わらないんだか、曖昧なまま道を踏み外していく。

制服姿で新幹線乗り場をうろうろしていたら怪しまれる。ＡＴＭでお金を下ろし、駅ナカの商店街を当てずっぽうに歩いてユニクロを見つけ、安物のＴシャツとチノパンを買った。トイレで着替えなんかしている自分は家出少女そのもの。監視カメラが服装の変化をキャッチしたかもしれない。パトロールの警察官を見るたび動悸がした。平静を装うのに精一杯で、自分がどこにいるのかわからなくなった。

新幹線の改札口を抜けて、やっと緊張がゆるんだ。東北新幹線に乗ればもう怖れるものはない。列車が福島県に入ったときは胸がいっぱいになった。東北新幹線に乗るのは初めてで、だから車窓の風景も初めてなのに、田んぼの緑も遠い山並みも懐かしかった。地元名産の和菓子や日本酒の名前がある大きな看板にさえ故郷を感じた。故郷はやさしい。風景すべてがわたしを抱きしめてくれる。

本当は、つらいときにつらいと言い合える友だちが欲しかった。愚痴をこぼし、弱気になって、心がへこんだらへこんだで、そのへこみに水を注いで満たしてくれる、そんな友だちだ。樹里は強い。やさしいし頼もしいし真っ直ぐだ。へこんだ心は裏側から叩いて直そうとする。へこみは弱さ。弱さを樹里は許せない。

沿線の街並みに、ブルーシートをかけた屋根が増えてくる。崩れた屋根が多すぎて瓦の生産が追いつかないのだ。ブルーシートは震災の傷を覆う絆創膏。ここもずいぶん揺れたんだと思うと連帯感が湧いた。車窓の風景に震災の爪痕を見つけるたび、不思議と心は癒やされた。

郡山駅に着いたときは正午を回っていた。お腹はぜんぜん空いていない。仮に空腹だったとしても、母さん手作りのお弁当は罪悪感が邪魔して蓋も開けられなかったと思う。無断で欠席したのだから学校から家に連絡があったはず。慌てた母さんがわたしの携帯に電話をしても「電源が入ってないか電波の届かない場所に」と合成音声を聞かされるのだから、わたしは行方不明だ。行方不明。ここにいるわたしがどこにもいない。

家出とか自殺とか不吉な予感にとらわれて警察に相談しなければいいけど。今日がF高野球部の試合日だと思い出せば、わたしの行き先は想像がつく。母さんにメールの一本も送って安心させたいけど、怖くて携帯電話の電源を入れられない。着信音が鳴ったら心臓が止まる。樹里からのメールが山ほど届いているかも。樹里。あんたのやさしさがわたしには暴力なんだよ。電源ボタンを押せない。F高校の友だちに応援に来たよと知らせてあげたいのに、それもできない。

駅から開成山球場まで二キロの道のり。地方都市の街並みが切れて葉桜の並木が現れ、蟬の声がうるさい。その向こうに球場はあった。F高校の試合まで時間はある。わたしは木陰に立って、誰かが見つけてくれるのを待った。約束もしてないのに待ちぼうけなんて変な話だ。

スタンドに入ってもF高校の応援席に近づけなかった。すぐそこの応援席が遠い。そろいの白いTシャツにスクールカラーの緑のタオル、緑のメガホン。生徒たちがまぶしかった。懐かしい友だちの顔が見えない。誰が誰だかわからない。試合開始前から感動の予感に満ちて、よそ者を寄せつけない空気が漂っていた。

試合開始のサイレン。鳥肌が立った。絵に描いたようなメイクドラマ。初回からF高校が飛ばした。いきなりの本塁打に大歓声が沸き起こった。歓声が衝撃波となりわたしを揺さぶった。ブラスバンドのない応援席で太鼓がドカドカ鳴った。わたしの感動は個人的な感情だ。歓喜の渦には飛び込めない。

初回、四対〇。二回、五対〇。F高校がとにかく打ちまくった。ヒットのたび太鼓が鳴り、歓声が上がり、応援席は沸きに沸いた。生徒が声を合わせて歌う、あれはなんという歌だっけ。「自分の限界を超えていけ」って。

天野君もあそこにいる。女子トイレの仲間も、文芸部員も、その他の同級生も、あそこにいるとわかっていて、顔の見分けがつかない。チャンスを見計らって会いに行こうという勇気も凋んだ。疎外感がわたしを締めつける。あんな一体感を見せつけられたら、とてもじゃないけど入っていけないよ。

暑かった。肌が焼けて、汗がだくだく流れてるのに、太陽の光が冷たかった。選手がみんなヒーローで、かっこよくて輝いていた。部員が減り主力選手も抜けて、練習も満足にできなかったのに、こんなに強いなんて思わなかった。勝つために彼らが努力していた間に、わたし、なにをしていたんだろう。

なんでわたし、ここにいるの？　ここにいる意味があるのかな？　出塁した選手が次々とホームを踏む。あきれるほど点が入る。叩きすぎた手のひらがじんじん痺れ、無力感が全身に広がっていく。

三回を終えた時点で十二対〇。こうなると一方的な殺戮に等しかった。こてんぱんに打ちのめされる相手校が気の毒になって、わたしは四回の途中で球場を出た。

試合は十四対〇でF高校の五回コールド勝ち。駅に引き返している途中、どこかの店が流しているラジオ中継が耳に入った。試合終了のサイレン。感動はラジオの向こう側にあって、わたしは独り。勝利の校歌が始まる前に急いで立ち去った。校歌を球場で聞かなくてよかった。聞いたらきっと泣いていた。本当につらいのは、うれし泣きじゃないと誰にも言えないことだ。この寂しさをわかってくれる人が世界のどこにもいないことだ。

わたしのF高時代は本当の意味で終わった。思い出を嚙みしめて、甘い感傷に浸れるうちはよかった。それも終わりだ。どんな思い出も傷と同じ。触ると痛い。

東京に帰りたくない。消えたい。過去も未来も消し去って自分をなくしたい。

死にたい願望は朝より強かった。ホーム柵を乗り越え新幹線に飛び込んだら鴨のくちばしみたいな先っぽに弾かれて、どこまで飛んでいくだろう。血まみれで宙を飛ぶ自分を想像し、足が固まった。

東京の家に帰ったのは夕方の七時前。夕食にはどうにか間に合った。わたしは制服に着替えていた。

「ただいま」という自分の声が他人の声みたいだ。「おかえり」と、二階から母さんの声がした。

「今日のことは黙っているのよ。家の人には内緒にしてるから」

母さんは座敷の中央、蛍光灯の下に立っていた。どこでなにをしていたかは尋ねなかった。

「ごめん。お弁当食べてない。たぶん傷んでる」わたしは洟《はな》をすすった。

「いいのよ弁当なんか。捨てればいいんだから」母さんは手つかずの弁当箱を受け取った。「ずいぶん日に焼けたね。今日はソフトボール大会があったとかなんとか、適当にごまかしとくのよ」やさしく言って、「F高が勝ってよかったね」と付け加えた。

夕食はいつもと変わらなかった。わたしの日焼けは食卓の話題に上らなかった。高校生が夏に日焼けしたからといって、不思議がる人はいないのだ。

サンマの味を覚えてる。正確には、なんの味もしなかった味を覚えてる。ほそぼそと食べてきれいに骨を残した。NHKニュースは最後に首相官邸前をライブ中継した。毎週金曜の夜、反原発デモの波が首相官邸前に押し寄せる。シュプレヒコールもプラカードのメッセージも、わたしには他人の熱狂だ。叔母さんがシャキシャキ梨の皮を剝いた。ステンレスの刃が濡れて天井の光を反射した。

お風呂に入ると日焼けした肌がひりひり痛くて、わたしは泣いた。

土日は家で静かに過ごした。月曜日も授業中は変わらなかった。放課後、面接室に呼ばれて生徒指導部長の先生とクラス担任を前に、無断欠席した日の行動を説明した。開成山球場に向かったのは衝動的で計画性はなく、学校に相談する精神的な余裕はなかったと強調した。自殺願望に傾いていたことや、球場でも独り寂しく観戦していたことは黙っていた。

「事前に相談を受けていたら悪いようにはしなかった。避難生活はつらいこともあるだろうから、今後は悩みごとがあったらなんでも相談するように」

生徒指導部長の先生は、傷口に脱脂綿を当てるように柔らかく諭した。処分らしい処分は下されなかった。温情があったわけではなく、たった一日の無断欠席なんて学校にとっては取るに足らない出来事なのだ。わたしの場合、問題は無断欠席よりもその背景にあった。

「ところで、学校生活でいじめや嫌がらせを受けたことはなかったかな」

クラス担任は慎重な声で尋ねた。意外な質問に、わたしは伏せていた目を上げた。

「いえ」

「避けられてるとか、誰も口をきいてくれないとか、教室で孤立していない？」

「いいえ」

孤立はしている。でもそれはわたしが望んだ結果だ。誰の責任でもない。

「そう。それならいいんだ」

クラス担任は鼻からふっと息を抜いた。「君のお母さんが心配してたんだよ。いじめがあって、それで成績が落ちたり、学校が嫌になったりしたんじゃないかって。そうじゃないんだね」

「ありません」

「C組の三浦樹里さんとは仲良しだね」

なぜ？　どうして彼女の名前が出るのだ。

「はい」少し間を置いて答えた。

それで終わりだった。面接室を出ると、その三浦樹里が、廊下の奥でわたしを待ち構えていた。一緒に帰ろうと樹里が誘い、向かったのはいつものサンマルクカフェではなく、通学路から外れた三角公園だ。樹里は怒っていた。いつもより歩幅が広く、わたしは小走りでやっとついていった。

路地にはさまれた小さな公園だ。大きなケヤキを囲んで白いベンチが並んでいる他は、下にバネのついたライオンの遊具が一個あるだけ。ケヤキの木陰に入ると樹里は早足になってわたしの正面に回った。わたしは足を止めた。まるで対決だ。数百匹の蟬が凄まじい声で鳴いていた。樹里の背後、ライオンの遊具の下、マクドナルドの紙コップとくしゃくしゃの紙袋が転がっている。

「どこ見てるの。ちゃんとわたしを見てよ」

わたしは樹里の肩に止まった蟬を見ていた。樹里は気づいていない。

「これでいい?」

勇気をふるい、わたしは樹里の目を見た。

「どうして電話に出てくれなかったの。メールも送ったのに返してくれなかった」

「そういう気分のときもあるよ」

「わたし見たんだよ。明日香が電車から降りないで行っちゃうとこ。心配するよね、暗い顔でぼおっと立ってるんだから。なんだか遠いところに旅立っちゃうようで、怖くなって電話したのに出なかったでしょ。すぐに電源切っちゃったでしょ。怖かったよ、明日香が自殺したらどうしようって」

「自殺って、いきなり飛躍しないで。わたしは野球の応援をしたかっただけ。自殺なんて冗談じゃない」

嘘だ。嘘をついてると樹里に見抜かれないよう目に力を込めた。

「じゃあそう言えばいいでしょ。学校さぼるから先生によろしくって。わたし笑って背中を押したよ。携帯の電源を切られたわたしの気持ちわかる？　突き放されたんだよ。わたしの存在を否定されたと同じなんだよ」

「自由になりたかった。理由はそれだけ」

「わたしの存在が邪魔なんだ」

「自由に応援がしたかったの」

「わたしに束縛されてると思ってたんだ」

「Ｉ高校は一回戦で負けたよね」

「だから？　なんでいまそれを言うの。はぐらかさないでちゃんと答えて！」

樹里に投げたボールがいちいち剛速球で返ってくる。わたしは負けまいとした。怯んじゃいけない。樹里とは対等でなくちゃいけない。樹里の格下で甘んじているから、いじめの関係に見られてしまうのだ。

「わたしと樹里は違う。それぞれ違う世界を持ってる。当たり前でしょ。わたしだって人と話したくないときくらいある。樹里がわたしに電話をするのは自由だけど、わたしにも電話に出ない自由はある。遠い世界に行っちゃう自由だってあるんだよ。だからかまわないで」

「じゃあわたしの心配はなに？　よけいなお世話ってこと？　他人に心配されたくなかったら普通にしてればいいでしょ。明るく笑ったらいいでしょ。いかにも自分は不幸を背負ってるような顔して、石みたいに黙って、自分は他人と違うんだってアピールしてる。不幸な人はね、不幸な運命だから不幸なんじゃない。自分で不幸を引き寄せてるから不幸なんだよ。わざわざ自分で自分を不幸にして、不幸にどっぷり浸かって安心してるんだ。わたしは嫌なの。そんなのが避難者だって思われるのが嫌なの。だから明日香には強くなってほしかった。それでいろいろ手助けしてきたのに裏切られるなんて」

「裏切る？」

「電話に出なかったのは裏切りでしょ」

「じゃあ素直に束縛されてろっていうの。樹里はわたしを支配したいだけじゃない。電話に出る出ないはわたしの自由よ」

「試験の山を外したのをいまも恨んでる？」

「違う。違う違う。樹里ってさ、前の学校でリーダーだったでしょ。でも転校したらリーダーでなくなるよね。だからわたしとチームを組んで主導権を握りたかったんだ。自己満足のためにね。二人だけのチームでリーダーってのも変だけどさ」

樹里の顔色が変わった。わたしも言い過ぎたと後悔した。けれど口に出してしまったものは回収できない。

「そうなんだ。そんなふうに思ってたんだ。じゃあ勝手にすれば。孤独で不幸で可哀想な自分をアピールしてれば。言っておくけどわたしはそういうの大っ嫌いなの。プライドがなきゃ生きてる意味ないじゃん。運命を受け入れろなんて嘘だからね。運命と闘わなきゃ本当の運命は見えてこないんだからね」

「それは樹里が強いから言えるんだよ。弱い人間だっている。弱い人間の方が圧倒的に多いんだよ」

「弱くてもいいの、根拠のない自信さえあれば。それが最強の武器になるんだから」

「なぜいつも戦闘モードなの。わたしには無理。武器なんていらない。好きに生きたい。だってこれはわたしの人生なんだから」

「わかった。じゃあもう止めよう」

樹里は肩を落とした。

「うん。止めよう」

「チームは解散だね。さよなら」

樹里は背中を向けた。これが、わたしの聞いた樹里の最後の言葉であり、わたしの見た最後の姿だった。

夏休みに入るとすぐ夏季講習が始まる。受講は無料で任意だから、受験対策用の五十六講座の半分以上をわたしは選択した。勉強に没頭して嫌なことを忘れたかった。ほとんど毎日登校し、午前中で講座が終わった日は、教室でお弁当を食べ図書館で自習した。

Ｆ高野球部は二戦目で敗れた。わたしは無関心をつらぬいた。一対〇で惜しかったのよと母さんに聞いたときも心は動かなかった。Ｆ高校に残したわたしの思いは七月十五日に死んだのだ。

高校最後の、そして最悪の夏休み。部屋に籠もっていると、ジリジリ肌を焼く海辺の太陽が恋しくなる。目を閉じれば頭の中で潮騒が轟いた。港に入る漁船も、歓喜の声で群がるカモメも、わたしの中にある。世界は驚くほどの豊かさで満ち満ちている。

失って初めて気づく日常の大切さって、決まり文句も色褪せた。失っても失っても日常は続く。果てしない延長戦みたいに。

落ちていく落ちていく落ちていく。

海の底に深く沈んでいく自分を思う。

遠のいていく海面に光がゆらゆら。このまま魚の餌になれば楽なのに。いや、沈めるだけ沈んで海の底に触れたら、あとはつま先でトンと蹴るだけ。軽く蹴るだけでいいんだ。案外それで浮力がつくかもしれない。問題は見極めだ。ここが限界というポイントを逃すと、そのまま海底の泥にずぶずぶ埋もれていきそうで怖い。

無意識にわたしは、「ここが限界」と言えるだけの悲劇を待っていたのかもしれない。

どの講座でも樹里に会わなかった。塾か予備校の夏季講習に通っているものと思い込んでいたが、樹里は東京にいなかった。

樹里が夏休み中に転校したと聞いたのは八月の半ばだ。「三角関数」の講座が終わり図書館に移動しようとしたとき、樹里と同じC組の子がやって来て教えてくれた。

「あたしC組で学級委員長をしてる樋口沙綾といいます。初めまして。よろしく」

沙綾は俊敏に折り目正しく会釈した。アニメのような、合成音声のような声だ。となりの席の椅子に腰掛けわたしと向き合った。

「なにをお伝えしに来たのかというと、実は今日付けで三浦樹里さんは転校されました。中村さんには、あたしから伝えてくれと三浦さんに仰せつかってましたもので」

「え?」一瞬、心臓が動きを止めた。「転校?」動き出した心臓が鼓動を早めていく。

「お父さんの勤めている会社の工場が再開しまして、この機会に家族の生活を取り戻したいという、お父さんのたっての願いがございまして」

「工場というか、日本酒の酒蔵で、樹里のお父さんは酒造メーカーの専務だけど」

いわき市には「樹里」という名の日本酒があると樹里は自慢していた。名づけ親は父親だ。新商品の大吟醸に生まれて間もない娘の名前をつけたのだ。

「そうですか。でも細かいことはどうでもいいんです。表向きの理由ですから」

「あの、その堅苦しい言い方は止めて普通に話しませんか。なんだか緊張しちゃって」

「なるほど。ではモードを切り替えます」

紗綾は眼鏡のブリッジを指で押し上げた。仕草までアニメっぽい。「本当の理由はね、この怪文書です。見ます？　見たらトラウマ級に胸くそ悪くなって後悔するよ。あたし三浦さんに呼ばれて近所のいたるところに貼ってあるのを剝がして回って、百枚はあったかな。これだけど。覚悟して見てよね」

紗綾は腕を伸ばし、わたしの机に半折りにした紙片を置いた。ラベル用紙で裏がシールになっている。開こうとすると指がべとついた。大きさは文庫本くらいで、右側に樹里の生徒証がコピー印刷され、左側は細かい活字で埋まっていた。紗綾の警告は大袈裟じゃなかった。半分も読まないうちに吐き気が込み上げた。

私を救って下さい。
ワンボックスカーに拉致され見知らぬ男達に輪姦され妊娠した私を救って下さい。子供の父親を突き止め責任を取ってもらいます。心当たりのある方は次の住所に連絡下さい。
東京都新宿区×××〇〇‐〇〇‐〇〇
お願いです。私を救って下さい。

こんなにおぞましい紙切れに触れたことがなかった。シールの粘着剤が残る指先にも生理的な嫌悪感を感じ、ティッシュでこすり落とした。人間って、どれだけ邪悪になればこんなものを思いつくのだろう。

紗綾は怪文書を小さく折りたたんでスカートのポケットにしまった。

「もちろん書いてあるのは嘘だけど住所は本物だし生徒証も本物。世の中には信じるばかもいるし、信じないにしてもイメージが本人に張りつくよね。名前も顔写真も学校名も生年月日まであるんだから、誰が悪用するかわかんない。怖くて外に出られなくなるのが普通だよ。でも三浦さんは果敢にも自分で剝がして回った。学級委員長にも責任あるってあたしも呼び出して。『え、連帯責任なの?』って、そこは疑問だったけど」

「怪文書って、まるで昭和。最近はネットを使った嫌がらせが主流じゃない」

「わかってませんね。これは三浦さんを転校させるだけでなく東京から追い出そうという戦略です。ネットじゃダメなんです。三浦さんの周辺に集中させるのが効果的なんです」

「樹里は、いえ三浦さんはそこまで嫌われてた?」

「ええと、呼び名は樹里で統一しましょう。樹里さんは好かれるキャラではありませんでしたが、今回の件と原発被災者差別は無関係です。おそらく個人的な恨みです」

「でも一度、チェルノブイリの周辺で産まれた奇形の赤ちゃんの画像を検索して、聞こえよがしに気味悪がってた子たちがいたけど。この教室で」

「ああそれは、中村さんが転校してくる前に原発事故について学ぶ授業があったんです。それで一時期、怖いもの見たさでそういうのを検索するのが流行したのですが、チェルノブイリと福島は別です。聞こえよがしに聞こえたのは気のせいです、おそらく」

「そうかな」

「犯人の目星はついてます」

紗綾は身を乗り出し声を低めた。

「ちょっと、敬語は止めてもらえません」

「ああ、ごめんなさい。委員長キャラがつい出ちゃって。ではタメ口に戻します。犯人の目星はついてる。たぶん主犯が矢田部敦。共犯は矢田部の彼女の石川瑠奈。二人ともC組だけど知ってる？　評判のバカップルだけど自分はイケメンとイケジョだって信じてる可哀想なカップル。ここからは樹里さんの証言ね。終業式に樹里さん、矢田部に告白されたんだって。樹里さんは『二股かける気？』って一秒で断った。すると矢田部は『瑠奈とは別れた』って言ったの。『ついさっき他に好きな人ができたから別れてくれって言った。樹里に告白するために筋通したんだ』って胸張ったんだって。だから？　男らしさを強調したいわけ？　ばかでしょ。ほんとばかなんだから。樹里さんも正直だから『ばーか』って言っちゃって、矢田部は真っ青。『おれに恥かかしたな。後悔するぞ』ってわけわかんない脅しをかけて立ち去ったの。つまり、矢田部にとってはふられたことよりふられた事実が教室に知れ渡って恥かくことの方が重大だったわけよ。阻止するためには樹里さんに嫌がらせをして学校に来られなくするしかない。そこで思い立ったのがこの怪文書だろうって、樹里さんの推測。まあ間違いないね」

「でも樹里の生徒証はどうやって？　矢田部って人にそんなことできる？」

「そこで石川の共犯説が浮上するわけ。石川って子は陰険だからさ、噂だけど、気に入らない子の生徒証を携帯電話でこっそり撮影して画像をコレクションしてるんだって。撮影するのは簡単。体育で着替えをするでしょ、自分は仮病を使って更衣室に忍び込めばいいんだから。実際、公園の男子トイレに生徒証の画像を貼られて大迷惑をこうむった被害者がいて、それ以来、C組の女子は生徒証を持ち歩かないことにしてるんだけど、樹里さんには伝わってなかったの。動機？　あるよ。樹里さんのせいで自分は一回矢田部にふられたんだからね。樹里さんの存在を学校から消したいと考えても不思議じゃない。それだけの理由でこんな手の込んだことをやっちゃえる人なの、石川は。ほんとえげつないんだから。鬼畜よ、鬼畜」

「警察に被害届は出してる？」

「出してない。先生にも言ってない。物的証拠がないから。警察なんてこの手のいたずらにどれだけ本腰入れてくれると思う？　石川の携帯電話を調べれば一発なんだけどね。それはともかく、樹里さんはとにかく東京を離れたいって。早く田舎に戻りたいって。あたしもそれがベストだと思う。泣き寝入りは悔しいけど、福島に帰って忘れるのがいい。帰れる家があるんだし。中村さんは、帰りたくても町にも入れないんでしょ」

「樹里に帰る家はないよ。津波に流されて」

紗綾は黙り、しばらくして「聞いてなかった」と天井を見上げた。「自分の弱みを見せないから、あの人。同情されるのが嫌で震災の話はいっさいしなかった。顔はかわいいのに鉄の女。強がるのは勝手だけど言葉遣いがきついでしょ。人を傷つけておいて自覚ないからね。中村さんは平気だった？　今回のこともさ、こう言っちゃなんだけど自業自得って面もあるよね」

「樹里も傷つくよ」唇を震わせてわたしは言った。「人に言わないだけで」

樹里を傷つけたのはわたしだ、とは言わなかった。

「そうだよね。彼女だって人間だもんね。では、あたしは天に代わってあの二人にお仕置きしよう。樹里の泣き寝入りで終わらせたくない。あたしだってダテに委員長務めてないからね。ねちねち懲らしめてやる」紗綾は携帯電話を取りだした。「ちょっと陰湿な手を使うけど、それでも樹里さんが受けた傷の十分の一にもならないはず。中村さんも協力してよ。ツイッターはしてる？」

「してない。協力もできない。そんな余裕はないんだ。ここがさ」わたしは自分の頭を指でつついた。「足りないんだ」

「はい。了解です。では親友のかたきはあたしが討って差し上げます。オシオキよっ！」

紗綾は人気アニメのヒロインの決めポーズを真似て、指でピストルを撃つ仕草をし、正義に燃えて去って行った。

翌日、樹里が住んでいたマンスリーマンションを訪ねた。樹里の住所は情報として知っていただけで、実際どんなところに住んでいるのかは知らなかった。駅から遠い住宅街にある、いかにも仮住まいといった感じの、簡素な二階建ての四角い箱だった。樹里が母親と住んでいたのは一階の角部屋だ。ガムテープで無造作に塞がれた郵便受け。台所らしい窓の磨りガラスが明るいのは、内側が空っぽな証拠だ。空き部屋に差し込む日差しが目に浮かんだ。

放射能から逃れるために故郷から東京に来て、また故郷に戻るのは安全になったからじゃない。放射能より怖いものと東京で出会ったからだ。結局、わたしたちに居場所なんてない。樹里。それはわたしだって同じなんだよ。居場所がないから東京にいるんだ。

ドアの前に立ち樹里に電話をかけてみた。電話番号は使われておりませんとアナウンスが流れた。白い壁に小さなカマキリが止まっていた。

樹里が引っ越したのも、電話番号を変えたのも知っていた。それでもここに来たのは感傷に浸るためじゃない。あの怪文書が一枚でも残っていたらと思うと夜も眠れなくなるからだ。フェイクとわかっていても、言葉はイメージを生み出すから、見落とされた怪文書が街角に残っている限り、イメージの世界で樹里は無数の男に繰り返しレイプされてしまう。樹里のこうむった心の傷がわたしのトラウマになりかねない。

引っ越したくらいで忘れられるものか。当事者でないわたしでさえ、気味の悪い虫が身体中を這い回り毛穴から皮膚に食い込んでくるようなおぞましさに悩まされるのだ。あれを考えつく下劣な人間が身近にいると思うだけで生きるのが嫌になるのだ。

乗用車がやっとすれ違えるくらいの道が白く乾いて、電線が濃い影を落としていた。人影はなかった。たまに車が走り過ぎた。角を曲がると同じような道が続いた。コンクリート塀が蟬の声を跳ね返していた。政党のポスターが色褪せていた。どの政治家も蟬に小便をひっかけられたような顔をしていた。

電柱や道路標識、カーブミラーの柱、ガードレールやカラーコーン、郵便ポストやポリバケツ、車庫のシャッター、タイルの壁やブロック塀。猫の目になり犬の目になり丹念に探した。怪文書を剝がした跡が黒くなっていたり、切れ端が残っていたり、痕跡はいくつも見つけた。切れ端に少しでも活字があったなら、爪で引っ掻き、指の腹でこすって剝がした。他人が見たらわたしが不審者だけど、幸いなことに人がいない。

見知らぬ街で道から道へ歩き回るうち、自分を見失った。わたしは方向音痴なのだ。出発点からどれだけ離れたかも見当がつかない。携帯でマップを開いても、わたしは地図の読めない女ときている。

曲がり角で、甲子園の実況中継を耳にした。ラジオなのかテレビなのか、どの家から聞こえるのか判断がつかない。見上げれば真夏の空が重くのしかかってくる。持て余すほどの無力感が怒りに変わる。道端の自転車を蹴り倒したくなる。車のボディをへこましたくなる。身体の中を毒が回って、わたしはきっと醜い顔になっている。

どこで間違えたのだろう。後悔の積み重ねで送る毎日がいつまで続くのだ。絶望と闘うだけで疲れる。幸福になるのも不幸になるのも選べない。個人の努力じゃどうにもならない力で運命を左右されるとしたら、わたしたちはなにを目指して生きていけばいい？

熱中症でめまいがする。身体に熱がこもって汗も出ない。こんなときに限って自動販売機が見つからない。体内でメルトダウンが起きそうだ。路地を抜けて幹線道路に出た。埃まみれの街路樹。車が激しく行き交い、歩道橋に日傘が揺れている。バス停があった。最寄りの駅までバスで行ける。

自動販売機を見つけた。すがる思いでアクエリアスのボタンを押した。ペットボトルを取り出そうと屈んだわたしの目に、あの怪文書が飛び込んできた。取り出し口のすぐ下に貼ってあったのだ。吐き気がした。犯人はここでバスに乗ったのだろう。バスの待ち時間に残りの怪文書を貼ったのだ。

見つけた。でも正直なところ、見つけたくなかった。生徒証の樹里の写真は精一杯の微笑が硬直している。樹里。いま助けてあげるから。カリカリ、カリカリ、シールに爪を立てる。端をつまんで引き剝がしていく。途中で破れたら別の角度から剝がしていく。慎重に、瓦礫に埋まった人を救い出すように。

罪悪感がわたしを突き動かす。あの日、三角公園で樹里と言い争いをしなければ、樹里もくさくさした気分を引きずらず、矢田部の告白を小馬鹿にすることもなかった。こんなことは起こらなかったはずだ。いつものように負けてあげればよかった。でもあのときはどうしてもそれができなかったのだ。

剝がし終えて腰を上げたとたん、頭がぐらっとしてその場に崩れた。怪文書はまだあるかもしれないのに。

自動販売機が作る影にしゃがみ、アクエリアスを一気飲みした。生き返るにはまだ足りない。追加で天然水を買い、額に注いだ。顔面を冷やした水が首を伝いポロシャツの襟の中へ流れ落ち、胸の間からおへそまで濡らしていく。なにをしてるんだ、わたしは。道端で膝を抱えて、ホームレス女子高生か。

お尻を地面につけただけで、社会から切り離された気がした。草葉の陰ってこの高さだろうか。通り過ぎる人が軽蔑と哀れみの入り交じった眼差しを向ける。あるいは、見て見ぬ振りで足早に通り過ぎる。

もっともっと世界は悪くなる。そんな予感がした。天災とか人災とか区別のない暴力が連鎖的に襲ってくる。暴力が別の暴力の一部になりまた別の暴力を呼ぶ世界がきっとやってくる。

樹里。樹里。わたしたちの災難はその前兆なんだよ。

心の中で呼びかけながら、怪文書を手の中でくしゃくしゃに丸めた。

二学期、わたしはC組の教室をのぞき、矢田部敦と石川瑠奈をそれとなく観察し、それぞれの席やロッカーの位置を把握した。ターゲットは石川に絞った。矢田部は軽薄だけどひょうきんで憎めない。性格が悪いのは石川だ。鼻にかかった甘える声で男の先生に媚びていた。でれでれしている先生も先生だ。

紗綾は石川が犯人だという確証を得た。

「休み時間に隙を見て、次の授業の教科書に例の怪文書をはさんでおいたんです。石川がそれを見つけてどう反応するか、斜めうしろから観察していたのですが、予想どおりでした。とっさに教科書を閉じて左右を見回しました。犯人でなければあり得ない動作です」

沙綾は目をきらきらさせていた。彼女も石川に恨みがあるのだろう。

C組が体育の時間に、わたしはお腹が痛いといつわり廊下に出た。トイレに行くふりでC組の教室に侵入し、石川のロッカーを開けてバッグの中を探った。イチかバチかの賭けだったが、ビーズをびっしり貼りつけた携帯電話が出てきた。携帯電話を開き、瞬間接着剤をべっとり塗って閉じた。それからトイレに入り、動悸が収まるまで便座で休んだ。吐きそうだった。気が晴れるどころか、腹の底にどす黒いものが残った。

大津波が襲ってくる直前、樹里は極端に潮が引いた海を自宅の二階から見たという。見えるはずのない黒々とした海底が露出し、陽に照らされていた。その日は微熱があって学校を休んでいたのだ。

「ぞっとしたなんてもんじゃない」樹里は言った。「あるはずの海がないの。海がなくなるなんて想像できる？　でも現実に起こったんだよ。海の底って大きな岩がごろごろして黒いの。急に背中がざわざわっときて目を上げると、遠くで波が逆立っていた」

海がきれいに見えるのは光の反射のせい。本質はどす黒いの。そしてね、それが現れたときには、もう終わりなのよ。

7

二人とも第一志望の大学に合格したら、大吟醸「樹里」で乾杯しようと約束していた。樹里。自分と同じ名前のお酒がこの世にあるって、なんて素敵なんだろう。銀色のラベルに流れるような草書体で「樹里」。彼女の強気と自信の背景にはこれがあったのだ。

その約束のお酒をわたし一人で乾杯した。多摩丘陵の学園都市にある学生向けアパートに引っ越して三日目。引っ越し作業が片付いてもいない部屋で、日本酒にしてはお洒落すぎるほっそりした瑠璃色のボトルにグラスを当て、チンと鳴らした。

樹里は関西大学に合格しただろうか。遠距離恋愛をしていた先輩と近距離になれただろうか。信じるしかない、幸せになってると。わたしが志望校に受かったのは効率のいい勉強法を樹里が教えてくれたから。わたしを幸せにした樹里が幸せでないはずがない。

若い女性向けの「樹里」はフルーティーでグイグイいけた。気がつくと床に寝そべり回る天井を見上げていた。樹里を思い、また泣いた。

樹里のことを考えるとわたしは宮沢賢治の童話『やまなし』を思い出す。

谷川の底で小さな蟹の兄弟が平和に暮らしている。あるとき天井の水面が割れて鋭く尖ったものが飛び込み、お魚をくわえ一瞬で消えてしまう。幼い蟹は水面より上にも世界があることを知らない。お魚をさらったものがカワセミだとは知らないし、そもそも鳥という存在すら知らない。ただ、なにかが起こり目の前の魚が消えたという事実だけはわかって、怖ろしさにぶるぶる震えるだけだ。

災難ってこういうものだ。それはある日、なんの理由もなく日常に飛び込んでなにかを奪い去る。善も悪もない。公平でもない。世の中とはこういうものだとしか言いようがない。

賢治が生きたのはそういう時代だし、いまだってそう変わらない。世界は理不尽で、不公平で、残酷だ。

わたしが一人暮らしを始めて間もなく、母さんも実家を離れて福島市の父さんと同居を始めた。大学が始まる直前、わたしは父さんの住むマンションを訪ねた。

久しぶりの家族団らん。なのに感激は薄く他人の集まりみたいに感じた。父さんのマンションがいわゆるみなし仮設で（仮）の家だからだろうか。家が（仮）だと家族まで（仮）に感じる。

民間の賃貸住宅を県が借り上げ、応急の仮設住宅とみなして無償で被災者に提供する。それがみなし仮設。父さんは賃貸住宅の家主と役所との仲立ちをし、みなし仮設と被災者の希望をマッチングさせる仕事をしていた。震災から半年は、膨大な数の申請書をさばくのに忙殺され、わたしと母さんに会いに行く余裕もなかった。

「父さんたら、自分が一日休めば一日復興が遅れるって本気で考えてるんだから」

母さんは遠回しに、父さんが家族より仕事を優先していると責めていた。

「一人でも多く、一日でも早くだ。避難所からみなし仮設に移った人がどんな顔をするか知らないだろう。あの顔を見るとな、もっと頑張らなくちゃと思うものなんだよ」

いまは、仮設住宅を建設する広い土地を探し、地権者と交渉するのが主な仕事だ。それも父さんに言わせれば人の命を守る仕事だ。忙しいだけで金にならないとこぼしながら、父さんは自分の仕事に誇りを抱いていた。

「悲惨なのは自主避難者だ。県の方針で自主避難者はみなし仮設に入れないんだから。大体、政治の都合で強制避難者と自主避難者を分けること自体おかしいんだ。放射能から逃げてきたことに変わりはないのに」

わたしは樹里の話をした。ただし、樹里が東京でどんな仕打ちを受けたかは伏せて。

「樹里って子もいわき市からの自主避難者でさ、いわき市の海辺に家があって、二階の窓から灯台の光が見えたんだって」

「薄磯地区だな。百人以上が津波の犠牲になった」父さんの目が暗くなった。「視察に行ったことがある。あそこは酷かった。あれは、ちょっと言葉にできないな」

「その子の家も津波に流されて、瓦礫を撤去したらコンクリートの土台に家族で押した手形が出てきたんだって。新築の記念の手形。写真を見せてもらった。樹里はまだ三歳で、すごくちっちゃな手形で、両親の手形にはさまれてかわいいの、それが」

母さんがハンカチで目頭を押さえた。津波の話になると母さんは弱い。

わたしは続けた。「樹里の夢は、その土台の上に新しく家を建てることだって」

「それは無理だ」父さんはあっさりと断定した。「津波の被害が酷かった土地は居住禁止にするらしい。薄磯もたぶんそうなる。津波の被災地に帰還するのは諦めるしかない。その点、警戒区域にある家はまだ望みがあるぞ。放射線量が下がればいつかは帰れる」

「ちょっとあなた、浪江の家に帰るつもりなの。いつかは帰れると思ってるの?」母さんは驚いて目を丸くした。「何十年先の話よ」

わたしも驚いていた。我が家に帰れるなんて想像もしなかった。

「何十年も先じゃない。十年以内だ。一時帰宅のたびに線量計で測ってるんだ。家の中は思ったほど線量は高くない」

「低線量被曝も怖いって知ってるでしょ。わたしはごめんだからね」

母さんは別の部屋に引っ込んでしまった。心の病はまだ癒えてないのだ。

父さんはふっとため息を吐いてわたしを見た。「父さんには浪江の家がすべてだ。苦労して建てた家だ。簡単に諦められるか」それから少し間を置き、「明日香は別だ」と続けた。「好きな場所で好きなように生きたらいい。それでも、つらくなったらいつでも帰れる家はあった方がいい。仮住まいのマンションじゃない、本物の家だ。いざというとき帰る家があるのとないのとでは大違いだ」

※

父さん。父さんにとってこの家はなに？

浪江の家がすべてってどういう意味？

暗闇の中で父さんの椅子に座る。肘掛けに腕を置き、背もたれをキコキコ鳴らす。

たった二畳の小さな部屋。書棚と事務机とミニコンポを置けばトイレほどのスペース。窓はそれこそトイレの窓と同じ大きさだ。部屋の闇より窓ガラスがほのかに明るい。その明るさが、家の外に広がる宇宙を思わせる。

地上は敵意に満ちていても、宇宙はやさしい。死んだ人にとってはなおさら。死ぬことでようやく安らぎを手に入れた父さんの人生が哀しいよ。

ほのかな窓明かりに浮かぶ事務机を見ていると、警察署の遺体安置所で眠っていた父さんを思い出す。ステンレスの無機質な寝台。そこに寝かされ、銀灰色のシートに包まれた父さんは「物」扱いだった。監察医がジッパーを引くと、保管庫で低温保存されていた遺体が顔を現し、冷気を広げた。無精髭が白いのを霜と見間違えたのは、こんな老け顔の父さんを見たことがなかったからだ。

遺体の身元確認のために呼ばれた。仮設住宅での孤独死だった。父さんの遺体を発見したのは仮設住宅の自治会長だ。手術で胃袋を切除してから心臓も弱っていた父さんを気にかけ、自治会長は毎朝見回りをしてくれた。死後いくらも経たずに発見されたのは不幸中の幸いだ。

男の人って弱い。なんて弱いんだろう。妻に家出されたくらいであっという間に死んじゃうなんて。

父さんが死んだ日、わたしは沖縄にいた。

家出した母さんの居所を突き止め、沖縄に飛んだのだ。けれど、やっとのことで再会した母さんの口から出た言葉は「わたしは死んだと思いなさい」だ。妻であることも母であることも止めたと宣言したのだ。父さんの死を知ったのはその翌日。読谷村の残波岬にわたしは立っていた。

携帯電話が告げる悲報に波音が打ち寄せた。瑠璃色の海の輝きが眼球の奥底に染み込んでいった。

父さんの遺体と対面したときも、沖縄の海の色と波音が甦っていた。父さんの遺体に沖縄の白波が打ち寄せ、逆巻いていた。

「死んだあとも爪や髪が伸びるって本当ですか」監察医に尋ねた。

「そういう話はよく聞きますが、常識的には考えられません。ただ、心肺停止から細胞死まではタイムラグがありますから、わずかに伸びる可能性はあるでしょうね」

「死んでからも細胞は生きてるんですか」

「ほんの短い時間です。髪が伸びるほどの余裕はないと考えるのが常識です」

その質問は無意味だと、監察医の目は静かに語っていた。わたしも、なぜそんな質問をしたのか自分がわからなくなっていた。

父さんの死因は心筋梗塞だとはっきりしていたから、特に面倒なことはなかった。異様な寒さに凍えながら、死体検案書に署名と捺印をした。わたしが尋ねたかったのは「死の瞬間」の長さかもしれない。心肺停止から始まり、魂が抜けていくまでにかかる時間。

魂というものがあったとしての話だけど。

死んでいく人が見るという一生の走馬灯。父さんはどんな走馬灯を見たのか知りたかった。走馬灯の中で、わたしはどんなふうに産まれ、ハイハイし、立ち上がり歩き出したのだろう。そのすべてを見てみたかった。

わたしは、どれほどの幸せを父さんにもたらし、そして裏切ったのだろう。罪悪感が胸を締め付けた。

「あっ、いまこの瞬間を走馬灯に加える」

なにか楽しいことがあると必ずそう口にする友だちがいた。大学の同級生だ。

「旅行の動画を編集するように走馬灯を自分で編集するの。いざ死ぬってときにそれ見るんだと思えば死ぬのも楽しみじゃない」

そんな彼女の楽天家っぷりがうらやましかった。

「じゃあ、真輝子の走馬灯にわたしも登場するんだ」

「明日香はどうかな。カットしちゃうかも」

真輝子は両手の指をはさみに見立ててチョキチョキ切る真似をした。

「ひどぉい」わたしは自虐的に笑った。

楽しいことを素直に楽しいと言える人は幸せだ。わたしは違った。楽しいことも、心のどこかでは必ず痛みをともなっていた。

わたしだけじゃない。震災を経験した人は誰でもそうじゃないかと思う。幸せを感じると同時に心の刺も疼くのだ。

だから、走馬灯が回り出したら遠心力で心の刺が飛んでくれればと願う。みんな、最高に安らぎながら死んでいってほしい。その先があの世であれ、虚無であれ。


階段を上り自分の部屋に戻った。

窓の外はすっかり夜の顔だ。界隈は闇に沈んで、路地ばかりほの白く浮かんで、遠くに頼りなさそうな街灯の光がぽつりぽつり。

昔は違った。お向かいの窓明かりがわたしの部屋を照らしてくれた。照明を落としても真っ暗にはならない部屋で、わたしは安心して眠りについた。

ご近所が消えて、わたしの部屋は洞穴のような暗さだ。おまけに静か過ぎる。ときおり響く電車の音の他、物音がしない。銀河鉄道も素通りする、見捨てられた星みたいに。

暗闇に目を凝らし、本棚の本たちを指で撫でていく。なかば手探りで『ゲド戦記Ⅰ』を抜き取り、天野君の手紙を取り出す。

いまさら、と呟いた。

いまさら読んでどうする。十年という歳月は、手遅れという言葉がむなしくなるほど、取り返しのつかない長さだ。

幸せをつかんだと思えば失望することを繰り返すうち、幸せを求めようともしなくなった。失望がなければ傷つかずに済む。心を守るためにはそれしかなかった。

天野君。だからごめん。やっぱりわたし、手紙を読めない。読みたくても読めない。手紙を読んで心が温まったとしても、それは遠い昔の天野君の思いだから、むなしさも深まってよけいに哀しくなるだけなんだ。

いまは封を開けずに手紙に触れて、F高校時代の思い出に浸っているだけでいい。それだけで幸せだから。その先へ進んでも、心を掻き乱されるだけなんだよ。

手紙を『ゲド戦記Ⅰ』に戻し、テーブルに置いた。

天野君。わたしだって大学時代には付き合った男の人がいたんだ。本当だよ。鎌田君はちょっと変わった人で、いま思えば天野君に似てるかも。挙動不審でいじられキャラで、でも真っ直ぐな人。

鎌田君とは大学二年の夏、アルバイトで知り合った。群馬県の農場で半月、キャベツの収穫を手伝ったんだ。農場主はわたしの大学の卒業生。同じ大学の学生五人と合宿所で共同生活を送った。その中に彼もいた。

「キャベツってかわいいっすねえ」と鎌田君があんまり言うから、農場主が「そんなにかわいいなら抱いて寝ろよ」と冗談を言ったのを真に受けて、「どれにしようかな」とにこにこでキャベツを選び始めた。

「おい、うちの生娘に穴開けんなよ」と農場主が言って、みんな爆笑。わたしだけ顔を赤くして笑わなかった。

まさか、そんな彼にわたしが抱かれるとは夢にも思わなかった。「明日香ちゃんはかわいい」と褒められるたび「わたしはキャベツか」と複雑だったけど、悪い気はしない。

本当に複雑だったのは出身地を東京と偽っていたことだ。住民票を母さんの実家に移していたから。福島県からの避難者だからって差別する人ではなかったけど、訂正する機会のないまま嘘をずるずると引っ張り、そのせいでわたしはいつも疚しさを抱えていた。幸せを感じるたび胸が疼いた。

ねえ、天野君。結局わたしは日本のどこにいようと、原発被災地という壁に閉じ込められていたんだ。いや、自分で自分を閉じ込めていたのかも。いみじくも樹里が指摘したように、自分を不幸にしておくことで安心を得ていたのかもね。

でもね、鎌田君と付き合っていたときだけは、壁の外に抜け出せそうな気がしたんだ。付き合い始めてすぐの頃、彼と二人で房総の海に行ったことがある。そのとき彼、波打ち際で突然「死にてえ！」と叫んで、すぐに「なんて嘘！」と打ち消したことがあった。びっくりした。悩みなんてなさそうな人だったから。

彼はわたしを振り向いてにっこりし、

「明日香ちゃんもやってごらん、すっきりするから」と勧めてくれた。

「死にたあい！　なんて嘘！」

わたしの叫びを波が呑み込んで消し去ってくれた。確かに胸が晴れ渡った気がした。

「コツはね、すぐ訂正すること。言霊って怖いんだよ。言ったことが本当になったらヤバいでしょ」

こんなこと、鎌田君はいつ、どうして始めたのだろう。見た目ほど脳天気な人ではないかもしれない。いや、脳天気だからこそ、心に差した影がいつまでも残ることがあるのだろう。

いったいぜんたいなに考えてるのかわからない人だけど、鎌田君といると身も心もくつろいだ。この人となら死ぬまで添い遂げられそうな気がしたんだ。

大学三年の夏、二本松市の仮設住宅に移っていた両親から悪いニュースが届いた。青天の霹靂《へきれき》。父さんの胃に癌細胞が見つかった。すでに末期癌だったが胃の全摘手術を受け、余命宣告はされずに退院できたのは不幸中の幸い。けれど、震災以来ずっと使命感にかられて働いてきた父さんから、癌は健康以上に大きなものを奪い取った。

病室では明るく振る舞っていた父さんが、自宅療養に入ると人が変わったように神経質になった。怒りっぽく、僻《ひが》みっぽくなり、会社に電話を入れては声を尖らせ、母さんが家事に手を抜くと嫌味を言った。

四畳半と六畳間しかない仮設住宅の、六畳間に置いたリクライニング・ベッドは想定以上に場所ふさぎだった。ベッドが異様に大きい。というより、仮設住宅の畳が異様に小さいのだ。

病人特有の匂いは否応なしに四畳半にも漂い、母さんを滅入らせた。治療に専念したいと父さんが退職してからは、将来の生活不安も憂鬱の種になった。東電が月々支払っている一人十万円の精神的慰謝料もいずれ打ち切られる。仮設住宅だって永久に住めるわけじゃない。

「原発事故のせいで癌になったんだから東電に損害賠償を請求しなさいよ」

母さんは父さんをせっついた。無茶な話じゃない。震災関連死や関連自殺で亡くなった人の遺族が集団訴訟を起こしている。健康被害を理由に賠償金の増額を要求して悪いわけがない。

「なんでもかんでも放射能のせいにするな」

父さんは相手にしなかった。自分の病気を政治問題にしたくなかったのだ。

「もしかして原発マネーをもらってた？」

母さんはむっとして嫌味で応酬した。

娘の目から見れば、ＰＴＳＤの母さんと病身の父さんが、窮屈な仮設住宅で互いを追い詰め合っていた。

「浪江の家に帰りたい」

父さんはこぼすようになった。

「わたしまで癌にするつもり？」

母さんは絶対拒否だ。浪江町の未来に希望を抱いている父さんが、母さんには信じられない。

「帰るなら一人で帰って」

それが二〇一四年八月の出来事。

ひと月後、母さんは失踪した。

「高校の同級会に行ってくる」と旅行カバンを提げて仮設住宅を出たまま帰ってこない。連絡もとれない。授業をさぼって野球の応援に行ったわたしより罪は重い。

居場所の手がかりになりそうなものは仮設住宅から消えていた。父さんは警察に捜索願いを出さず、自力で母さんの行き先を突き止めようと、一時帰宅を申請して浪江の家に帰った。それから先が常軌を逸している。手がかりになりそうなメモやノート、手紙類やUSBメモリを掻き集めると、母さんの部屋から本棚を残して一切合財を放り出し、すっからかんにしてしまったのだ。よほど無理をしたのか自宅の庭で狭心症の発作を起こし、自力で救急車を呼んだ。

わたしはなにも知らなかった。南相馬市の市立病院から連絡を受け、慌てて新幹線に乗り仙台経由で原ノ町駅に向かった。

父さんの狭心症は軽症で、三日後には退院し、わたしと二本松市の仮設住宅に帰った。

父さんが持ち帰った手がかりを元に、わたしは母さんの交友関係に片っ端から電話をかけた。リアクションは様々だったが結論は同じ、母さんの居所を誰も知らなかった。

途方に暮れ、人捜しのプロに頼もうかと探偵興信所を選んでいたら、わたしの携帯電話が鳴った。石橋郁子さんからだ。

「明日香さん、ごめんなさい。お母さんに固く口止めされていて、昨日は居場所を知らないと言ってしまったの。でも、お父さんの具合が悪いようでは隠し通すことはできないと思い直しました。本当のことを言いますね。お母さんはわたしといます。沖縄の読谷村です。わたしの知り合いが民宿を経営してますので、二人でお仕事を手伝いながら暮らしてます」

わたしはなんてお人好しだろう。母さんの一番のお気に入りだった石橋さんを、わたしはまっ先に疑い電話をかけたのだ。確かに、彼女の声に不透明感はあったけれど、昔と変わらないしとやかな声に、あっさり騙されてしまっていた。

仮設住宅の自治会長に父さんの見守りを頼み、沖縄に飛んだ。初めての沖縄だ。せっかくだからと二泊三日の予定を組んだ。


天野君。彼の手紙を胸に押し当て、背中からベッドに倒れる。

『ゲド戦記Ｉ』のゲドは自分の邪悪な影を追って世界の果てまで飛んだんだよね。わたしも母さんを追って日本の果てまで飛んだ。そこで出会ったのは、いま思えば自分の影だったのかも。でもそのときは邪悪さしか見えなかった。いや、見ようとしなかった。

読谷村の民宿で再会した母さんは、母を捨てて理想の自分を取り戻していた。

ブーゲンビリアのアーチと真っ赤なハイビスカス。睡蓮鉢に薄紫色の睡蓮が浮いて。敷き詰めた珊瑚礁の白い砂と貝殻。そんな夢みたいな庭に強い日差しが降り注いで。

石橋さんが言葉少なに詫びて、モザイクタイルのテーブルにハーブティーを置いていった。母さんを待っている間、足下に目を落としていたら、巻き貝のひとつがおもむろに動き出した。ヤドカリ。背負っていた巻き貝をごそごそと脱ぎ捨てて数センチ移動し、別の巻き貝に尻尾から潜り込み、また動かなくなった。形も大きさも似たような貝殻だ。引っ越すほどの理由があるだろうか。ただの気まぐれとしか思えなかった。

砂を踏む音がして振り返ると、母さんが縁側から降りてきたところだった。アロハシャツにサングラス。わたしの対面に座り、ゆるりと脚を組んで肘掛けに腕を置いた。

ゆったりとして、ほんのりした色香をまとい、表情も身のこなしも自己充足していた。簡単に言えば幸せそうだった。わたしを直視して、まるで悪びれない。家庭を捨ててこんなに幸せになれたなら、わたしはなんのためにここまで来たのだろう。

込み上げた怒りが不快感に変わった。母さんと石橋さんがここでどんな生活を送っているのか想像が頭をかすめた。

キモチワルッ。吐きそうになった。レズビアンを差別するわけじゃないけど。

母さんが不倫をして男と暮らしていたら、まだ救いがあった。それはまあ、世間によくある話だから対処のしようがある。しかし実の母親がレズかもしれないという疑惑は持て余してしまう。受け入れる、受け入れないという問題を超えてグロテスクだ。

「ＰＴＳＤは治った？」

尋ねてから、視線を落とした。母さんは足の爪まで赤く染めていた。

「そう見える？」

母さんはサングラスを外し、まぶしそうに目を細めた。

「海の音がするのに平気でいる」

「沖縄の海は責めないからね」

「責める？」

母さんは海の方向に目をやった。しばらく沈黙が続いたあと、母さんは口を開いた。

「わたしを連れ戻しに来たのなら悪いけど、ここを動く気はないから。わたしは死んだと思いなさい。あなたの母親は死にました。ずっと前から死んでた。震災の日、津波に襲われたときから」

母さんは縁側を振り向き、「郁ちゃん、みんな話しちゃっていいかしら?」と声を上げた。「どうぞ先生のお好きに」部屋の奥から従順そうな声が聞こえた。

「じゃあ話すわね」

母さんは組んでいた脚を下ろした。

地震のあと、郁ちゃんからＳＯＳのメールが届いて請戸へ車を走らせた。それは知ってるよね。心配したとおりだった。郁ちゃんのお母さんは病気で車椅子を使ってた。でも地震で家の中がめちゃくちゃになって車椅子を動かせなかった。もしわたしが駆けつけなかったら二人とも津波に呑まれたはず。

郁ちゃんがお母さんを担いで、どうにか玄関まで運んだところへ、わたしが到着した。お母さんを車に乗せて走り出して、間もなくよ、津波が防波堤を越えたのは。怖かった。津波が大地を揺さぶる振動でハンドルがぶれるんだもの。でもね、あれは津波なんてものじゃない。黒い波。黒い波が家の残骸やら車やらを抱き込んで迫ってきた。見えるの、ルームミラーに映って見えるの。必死だった。道路にはブロック塀や屋根瓦が散乱して、それをよけながらじゃないといつパンクするかわからない。わたしの運転テクニックじゃ心が焦るばかりでスピードは上げられない。もう少しで広い道路に出られるという矢先だった。逃げ遅れたおばさんが車の前に飛び出してきた。乗せてもらいたかったのね。急ブレーキを踏んだけど間に合わなかった。気がついたらその人、道端に転がっていた。はねちゃったのよ。助ける余裕はなかった。一旦はドアを開けたんだけどすぐ思い直した。助けてたら四人ともやられる。一秒でも無駄にできない。とっさの判断でおばさんを置いてまた走り出した。それからはルームミラーを見なかった。前だけを見ていた。仕方ないでしょ。助けようとして四人全員死ぬより一人を見殺しにして三人助かる方が理にかなってる。あのときの判断は間違ってない。正しかったといまも信じてる。

でもね、本当に怖かったのは、事故の瞬間を目撃した人がいるってこと。緊急事態とはいえ轢き逃げをしたのは事実。誰かが車のナンバーを覚えていてのちのち告発するんじゃないか、怖かった。必死で逃げながら、心の中では事故を目撃した人みんな死ねって願った。頼むから死んでくれって。本当に怖ろしいのはね、そんなわたしの心なの。

自分で自分に呪いをかけたのも同然よ。誰にも話せないじゃない。あんな怖ろしい体験をして、誰にも話せず秘密を抱え込むのがどんなにつらいかわかる？　郁ちゃんのお母さんは死んじゃうし、原発事故があって郁ちゃんとも離ればなれになるし。

原発事故が起きて被災者の捜索が中断されて、助けられた命も助けられなかったじゃない。わたしね、助けられなかった命の中にあのおばさんもいるような気がしたの。そんなはずないと理屈でわかっていても、泥だらけでうめきながらわたしを恨んでるような気がして、夜になるとうめき声が聞こえてきた。夜が怖かった。気が変になるくらい眠れない日が続いた。トイレに入って水を流すのも怖かった。ぜんぜん過去にならないのよ。

父さんが癌になって、介護しているうち限界を感じた。無理心中をしようとして、家族を殺しても自分は死にきれずに捕まる話はよく聞くでしょ。わたしもああなりそうな気がした。死にきれずにうろうろしている自分しか想像できないの。それならいっそのこと逃げちゃおうと沖縄に飛んだ。郁ちゃんしかわたしを理解してくれる人はいないんだよ。

わたしは死んだの。ずっと前から死んでたんだ。郁ちゃんに会えてやっと楽になれた。なんでも話せる人がそばにいるのはいいもんだよ。ここは天国だよ。本土は地獄。天国からわざわざ地獄に戻ろうって人がいますか。

話し終えて、母さんは縁側を振り向き「郁ちゃんごめんね。二人だけの秘密、ぜんぶ話しちゃった」と言った。「先生がそれでいいならわたしはかまいません」と石橋さんの声がした。

「ああ、明日香にも話してせいせいした。これでもう思い残すことはないね」

「勝手だよ」無力感の底から声を振り絞った。「あんただけじゃない、わたしも地獄だったんだ。なのに一人で逃げ出して、せいせいしたなんてよく言うよね」

「誰にでも地獄はあるよ。当たり前でしょ。テレビのドキュメンタリーが被災地の美談を紹介するたび思ったもんだよ。美談に隠れて、決して語られないクソみたいな話が無数に転がってるんだろうなって」

「エラそうに。クソはあんただよ。あんたにはここが天国でも、わたしには地獄。クソまみれの地獄だよ」

「そうね、わたしが地獄の鬼に見えるだろうね。そのとおりだよ。もう隠すものなんてない。わかったら自分の地獄にお帰り。地獄から抜け出す道は自分で探すもんだよ」

それで終わりだった。無力感の底が抜けて絶望に落ちていった。


二泊三日の沖縄旅行の、初日で絶望を味わって、あとはすることがなかった。読谷村の別の民宿に予約をとっていた。夜になると残波岬の灯台の光が部屋に飛び込んできた。

わたしは樹里の部屋に差し込んだという塩屋崎の灯台の光を思った。灯台は修理して光を取り戻したが、樹里の家は永遠に消滅したままなのだ。

「宇宙に放たれた光はどこまで届くんだろうって、子どもの頃はいつも考えてた」遠くを見ながら樹里は話していた。「一光年も二光年も宇宙を旅して、宇宙人にキャッチされたときは、それはもう過去の光なんだよね」

あの話で、樹里が本当に伝えたかったことはなんだったのだろう。

翌日は残波岬に出かけ、灯台の下で海を眺めた。瑠璃色に輝く海の底にも、沖縄戦で死んだ人の無数の魂が眠っているのだろう。

「死にてぇ！」抑え気味に叫んで、「なんて嘘」と続けられなかった。

母さんが見つかったことだけは父さん伝えておこうと、携帯電話を手にした。呼び出し音が十三回鳴って、電話に出たのは父さんではなく、仮設住宅の自治会長だった。

「明日香さん。あのね、お父さんだけどね、心を落ち着けて聞いてほしいんだけど」

父さんの死を知らされたのはそのあとだ。

8

樹里。あなたは、不幸な人は自分で不幸を引き寄せるから不幸なんだと言ったよね。わざわざ自分で自分を不幸にして、不幸にどっぷり浸かって安心してるんだって。

じゃあわたしの不幸はなに？　父さんの癌も母さんの家出も自分じゃどうにもできなかった。わたしがそれらを望んでいたって言うの？　わたしの不幸はわたしの責任なの？

父さんの葬儀を終えた頃にはぼろぼろだった。何日も学校を休み、鎌田君にも会わなかった。彼には父親が病死したとしか伝えなかった。ありのまま話せば、出身地は東京ではなく福島県の浪江町だと明かすことになる。自分が原発被災地からの避難者だと知られるのが怖いんじゃない。わたしが嘘つきだと知られるのが怖かった。

別れを切り出したのはわたしだ。鎌田君は最後までわたしを心配してくれた。そんなにやさしい人を裏切ったのだから、わたしはやっぱり、自分で不幸を引き寄せたのだろう。

四年生になって、教員採用試験に落ちたのも、ろくに就職活動もしなかったのも、自分で自分を不幸にしたと言われればそれまでだ。英語教師になりたかった。それが駄目なら塾の講師でもよかった。けれど、どれもこれも母さんの真似だと思うと、意欲が萎えてしまった。

希望を持つのはつらい。頑張らなくちゃいけないから。頑張ったぶん報われるとは限らないのに。絶望すれば頑張る理由もなくなるから楽だ。かりそめのぬくもりに浸っていられる。それが泥沼のぬくもりだとしても。

学校もろくに行かなくなって、アパートで寝てばかりいた。

あれがやって来たのは十月の終わりだ。

あれが本当はなんだったのか、いまだにわからない。

早朝、眠っているわたしの上に、なにかが飛び乗った。その軽い衝撃で目が覚めた。仰向けに寝ているわたしの下腹を、猫一匹分の重みが柔らかく押した。この感覚に馴染みがあった。ハナ？　子猫とは違う、大人の猫の重みではあるけれど、ハナ以外のどんな猫がわたしの上に乗っかるのだ。そっか、帰ってきたんだ。なにも疑わなかった。ただ、下腹の重みが懐かしかった。

下腹からへそへ、みずおちから胸へと渡り歩く、確かな足取りが夏布団越しに伝わる。その一歩一歩が懐かしかった。ハナはわたしの鎖骨を踏むと枕の横に飛び降り、布団の中に潜り込んだ。太ももの横で丸くなったハナを撫でてやった。柔らかな体毛の感触も懐かしかった。大人になってもハナはハナだ。

いや、待てよ。疑問が湧いたのはそれからだ。ここは浪江の家じゃない。ハナは津島の天野君にあげたのだ。あれから震災があり、原発事故があり、避難指示が出て天野君の家族も逃げたはず。ハナを連れて逃げたのか置いていったのか知らないけど、ハナがここにいるはずがない。じゃあ、いまわたしが撫でているこれはなに?

ぞっとして、思わず手を引いた。おそるおそる布団の端を持ち上げのぞくと、暗闇に青く光る目があった。

本当の目覚めはそれからやって来た。猫の気配は一瞬で消えた。わたしの両手は真っ直ぐ伸びたまま、首は天井を向いていた。

夢だったんだ。剝き出しの現実の中にわたしはいた。それでも心臓の鼓動は止まらなかった。ハナの体毛の感触も、その下のごつごつした骨格の感触も、温もりも手のひらに残っている。

そうか、ハナは死んだのか。

直感。根拠も理屈も飛び越えて確信がわたしをつかまえた。ハナは津島で息絶え、夢という抜け道を使ってわたしに会いに来た。

びっくりするくらい涙が溢れ出した。父さんが死んだときも泣かなかったわたしが、頭から布団をかぶり枕に顔を押し当て泣いた。夢とも現実ともつかないことで大声を上げ、これでもかというくらい涙を流した。

泣くだけ泣いて、空っぽになった頭に浮かんだのはロバート・A・ハインラインのSF小説『夏への扉』に出てくる猫のピートだ。ピートはぜんぶで十二ある家のドアのひとつが夏に通じる扉だと信じて探し続ける。その小説ではタイムマシンが夏への扉だった。主人公はタイムマシンを駆使してつらい過去を書き換え、ピートと共に未来世界で幸福を手に入れるのだ。

いま思えばご都合主義な話だが、初めて読んだときはえらく興奮した。空想は自由だから、ハナが夢の扉を開いてわたしに会いに来たと考えて悪いはずがない。ハナが生きていると考えたっていいはずだ。

放射性元素を置いた箱の中で、生と死が重なり合って存在するシュレーディンガーの猫のように、被曝の森で、生きながら死んでいるハナがいたっていいじゃないか。

昼は廃屋になった天野君の家で眠り、夜になれば頬ヒゲをピンと立て、闇夜に獲物の気配を探り歩き出す。本能のまま山野を駆けめぐり、草ぼうぼうの田畑に飛び込んでは野ネズミをしとめ、大樹を駆け上っては鳥の巣を襲う。飢えと孤独が、ハナを精悍なハンターに変えたのだ。

牛舎には餓死した牛たちが眠る。運良く逃げ出した牛も人間に薬殺された。津島の森に無数の死があり、だからこそハナの命が輝く。

「光は闇に
生は死の中にこそあるものなれ」
の言葉どおりに。

そんな津島と地続きで東京があり、津島の森も東京の街も同時に存在している。それが不思議で、救いだった。津島の森に、ハナも孤独に生きていたと想像するだけで、わたしも孤独に耐えられそうな気がした。孤独だっていいじゃないか。

ハナの感触が残る手のひらを目の前に広げ、これからは独りで生きようと決めた。

津島の森と比べたら、東京の街なんてちっぽけな作り物だ。死は怖くない。死なんてありふれている。誰だって必ず死ぬし、死ぬときは独りだ。幸福とか不幸とかは関係ない。孤独を抱きしめるんだ、愛を込めて。ぎゅっと、ぎゅっと。独りだって生きられる。

人生って、なにが転回点になるかわからない。明け方の夢が、沈みっぱなしのわたしに生きる力を与えたのだ。これが奇跡。日常に訪れた、ささやかだけど大きな奇跡。

天野君。この手紙もある意味、タイムトラベルをしてわたしに届いたんだよね。『ゲド戦記I』をタイムマシンにして、十年の歳月を飛び越えて。ずいぶんと長い郵便配達。これを奇跡と呼ぶなら、わたしは手紙を読む運命なのだろうか。

運命。でも運命なんて大抵は勘違いだからね。運命を信じたその先に待っているのはいつもしっぺ返し。少なくともわたしはそうだった。だからごめん。わたしはこの手紙を読まない。勘違いをしたくない。悪いけど、この家と一緒に燃やす。

クローゼットにはF高校の制服がいまも吊り下がっている。人によっては、避難中に下着や制服をごっそり盗まれたとかおぞましい話を聞くけど、わたしの家に泥棒は入らなかった。クローゼットには十七歳だったわたしの衣服がそのままだ。クローゼットがわたしのタイムマシン。制服を着ればF高時代に戻れるだろうか。

戻りたい。いや、いやいや。そういう浅はかな夢は見ないことにしたのだ。二十代も後半のわたしが高校の制服を着たって、あまりにも痛々しい一人コスプレだ。

ショルダーバッグを開ければ、写真立てに入れた父さんの写真と、お香とガラスのお香立てと、蠟燭と青銅の燭台。これすべてお手軽な供養台に見せかけた、放火のための偽装工作。

窓辺に写真。燭台に蠟燭を立て、マッチで火をつける。そしてお香。スマホで写真を撮る。ここで別れの儀式をしていたのだと、あとで証明するために。

あのさ、と天野君の手紙に話しかける。

「F高に入って初めての物理の授業で、蠟燭を囲んだの覚えてる？」

教室を暗くして、班分けをして、蠟燭に火をつけたよね。蠟燭の火を観察して気づいたことを十個、ノートに書きなさいという授業だった。難しかった。二つか三つはすぐに書ける。芯の近くは透明、上に行くに従って青色、暗いオレンジ、明るいオレンジに変わっていく。火の先では空気が揺れている。溶けて液体になった蠟は芯に向かって流れていく、とかね。でもそれ以上はなかなか書けなかった。天野君はどうだった？　わたしは、ひたすら息を殺して見つめているうち、蠟燭の火に吸い寄せられて自分が消えてなくなりそうで、怖くなったよ。

きっとね、火の中に本当に吸い寄せられたら、その先にある原子や素粒子の世界が見えてくると思う。あんまり小さな世界に入っちゃうと人間が見えなくなる。電子が原子核の周りをぐるぐる回っている。冷たくて音もしない。存在なんてないのとおんなじ。運動があるだけ。それが宇宙の本当の姿かもしれないね。

なのになぜ命なんてものが、心なんてものが生まれたんだろう。不思議だ。自分と他人とか、生と死とか、そんな区別、原子の世界ではなくなってしまうのに。

命って何？　存在って何？　もしそれが宇宙に点滅する一瞬の光に過ぎないとしたら、なぜ人間はそんなもののために悩んだり苦しんだりするの？　いま、蠟燭の火を見つめて思うのはそういうこと。高校一年のわたしはそんな難しいこと考える頭もなく、気が遠くなる感覚に浸っていたんだ。

観察は十分くらいで終わって、それから先生はファラデーって人が書いた『ロウソクの科学』の話を始めた。科学とはなんぞや、科学する心とはなんぞやって。でもわたしは、原子や素粒子の宇宙にワープして、なかなか帰ってこれなかった。

いま思えば、わたしたちが蠟燭の火を見つめていた間も、そう遠くない場所で、原子炉の中を素粒子が飛び交い、原子核が分裂し、崩壊しながら発熱してたんだ。始まりはたったひとつの原子でいい。核分裂が連鎖して無際限に広がれば核爆発になり、制御すれば電気を生むエネルギーになる。

入学して最初の春、見学に行った原発のPR館、覚えてる？　わたしはほとんど忘れちゃった。ボタンを押して原子炉の模型を動かして、楽しい？　赤いランプがピコピコ。制御棒が上がったり下がったり。

核燃料でお湯を沸かすんでしょ。原子炉って巨大なヤカンだね。水蒸気でプーッ。ヤカンなら家にもあるよ。こんなのよりプリクラしたい。プリクラもない田舎は嫌い。プリクラのある都会に早く住みたいよ。

先生の解説はなぜかよく覚えてる。

「原発は危ないって、反対する人はそう言うよな。でもなあ、こんなことわざ知ってるか？　善人が掘った井戸だろうと悪人が掘った井戸だろうと、うまい水が飲める井戸がいい井戸なんだ」って。名言だね。

どっちみち、うまい水を飲んでいたのは東京の人だけどね。

手紙を窓辺に置く。燭台のすぐそばに。カーテンを引き、蠟燭の火が布地に燃え移るのを確かめ、ドアを開ける。部屋を出ようとして振り返れば、瞬く間にカーテンは燃え上がり、炎の先が天井に届こうとしている。大急ぎで階段を駆け下り外に出て見上げれば、二階の窓が炎で明るい。わたしはすでに放火犯だ。警察や消防職員を欺けたとしても、わたしが犯罪者であることに違いはない。

国道沿いのコンビニエンスストアに向けて歩き出す。今日は自宅に泊まろうと思い、コンビニへお弁当を買いに行きました。戻ってみたら家が燃えていたんです。蠟燭の火？　そういえば消した記憶がありません。消し忘れたんです。こんな言い訳が通用するほど日本の警察は甘くないだろう。嘘がばれたらそれまで。江戸時代なら放火は無条件で火あぶりの刑。八百屋お七は恋のために放火し十六歳で火あぶりにされた。

わたしはなんのために放火したのだろう。

父さんへの愛？　嘘つけ！

早足で暗い路地へ逃げ込む。暗闇にほの白く浮かぶ神社の鳥居。再建された鳥居は真新しくても宮司さんの家は空き家だ。かかりつけだった内科の診療所。やさしいお医者さんだった。注射されて泣かなかったらご褒美に飴玉をくれた。ここも空き家だ。同級生の男の子が住んでた家。いじめっ子で、二階から水鉄砲でわたしを狙った。ここも空き家。ぽっかりと空き地。どんな家があったのか思い出せない。記憶をなくしたのはわたしじゃない。土地が記憶をなくしたのだ。

時代は流れるから。

とめどなく流れるから。

浪江町の避難指示が部分的に解除されてから、わたしはたびたび帰ってきた。用事があるときもないときも、荒廃した商店街を端から端まで歩き、路地裏を回った。

震災の傷痕が放置されている上に、経年劣化で崩れていく街を歩くと、不思議と心はなごんだ。

ここは自分の居場所だという安心感があった。どう言えばいいのだろう。震災以来わたしが受けてきた傷に、街の傷がしっとりなじんだ。痛みに痛みが溶け合う心地がして、ほっとした。故郷でなければこんな気持ちになれない。復興なんていらない。ずっとこのままでいてくれたら。どれだけ荒廃しようと、昔の面影が残っているなら、そこはわたしの故郷なのだ。

でも現実は甘くなかった。商店街は次々に取り壊され、駅前ですら更地だらけでのっぺらぼうになった。更地に敷いた砂利から細々と雑草が伸びて、わびしく風に震えて。残された建物も多くは土建会社か工務店の事務所にされ、無骨な重機が駐車場に並んで。歩いても歩いても懐かしくない。ざらざらした気持ちになるだけだ。

どうしてみんなほっといてくれないのだ。滅んでゆくものを滅びゆくままに愛せないのだ。街から記憶を奪い取る権利は誰にもないはず。復興のためでもわたしは嫌だ。たとえみんなが正しくて、わたし一人が間違っているとしても、嫌なものは嫌なのだ。

復興五輪の聖火が運んでくるものはお金、お金に過ぎないのに。

わたしの家は順調に燃えているだろうか。考えると背中が熱くなる。コンビニから戻ったときが火災の最盛期であってほしい。炎の熱を全身で浴びたい。父さんを火葬にした炎の熱がまだわたしの中にある。火葬炉から出てきたばかりの父さんの骨は余熱を放ち、わたしの顔をあぶった。次第に冷えていく骨が悲しかった。箸で遺骨を拾うわたしの目の中に沖縄の海があった。

父さんへの愛？　嘘つけ！

母さんが家出したと聞いて、父さんの介護を押しつけられたと感じ、落ち込んだ。将来の夢を捨てて、仮設住宅で父さんの世話をしながら生きていくなんて。それじゃわたしの人生が台無しじゃないかって。

だから、だから、父さんの訃報を聞いたとき、哀しみよりも先に救われたと感じた。残波岬の突端で、打ち寄せては砕ける波音を足下に聞きながら、放心していた。

すぐにでも福島へ飛んで帰るべきなのに、民宿に予約してあるからと、もう一泊した。死んでしまったものは仕方がないと自分に言い聞かせ、那覇市の国際通りや公設市場をぶらぶらしていた。母さんに父さんの死を伝えもしなかった。あの一日でわたしの中のなにかが崩れていったのだ。

天野君、ごめん。わたしはそういう女なんだよ。母さんを責める資格がない。幸せになれなくて当然なんだ。

就職も決まらないまま大学を卒業し、派遣会社に登録して職場を転々とした。意外と福祉介護の仕事が性に合って、いまは知的障害者の作業所で正職員になって働いている。わたしの担当は区立保健所。自閉症の青年たちと保健所に通い、トイレを清掃する仕事。それはそれで充実した毎日だったよ。新型コロナウイルスが感染爆発するまではね。

保健所のトイレ清掃は感染リスクが高いと保護者からクレームがつき、作業から障害者が外された。それが去年の三月末のこと。わたしと男性スタッフの二人でノルマをこなす日々の始まり。

作業所には寄らず直行直帰。障害者とのふれあいがなければ福祉作業所で働く意味がない。施設長は「コロナが収束するまでの辛抱」と言うけど、いつ収束するのか先が見えない。

東京オリンピックは一年延期され、その間もコロナ感染者は増え続け、延期ではなく中止を、という声は無視された。開催したら感染者はもっと増える。医者も看護師も人手不足に拍車がかかるのは目に見えてるのに、オリンピックは医療ボランティアを募集しているのだ。感染者の電話対応に追われ、毎日深夜まで働き、休日も返上している保健師さんの悲鳴は、トイレ清掃をしているわたしの耳にも入ってくる。オリンピックってなに?

明日、聖火は浪江町を走る。

この街は音がしない。なんの匂いもない。

家々から漏れてくるテレビの音も、子どもの声もない。台所から漂う煮炊きの匂いもカレーの匂いもない。

土木会社のプレハブ事務所は蛍光灯の窓明かりがまばゆい。生活感のない光は冷たい。冷たくて痛い。街灯に照らされ、路上に落ちたわたしの影が伸びて縮む。ここはどこだろう。どこを歩いてるの。生まれ育った土地に見覚えがないなんて。

国道六号線に出た。

復興なんてどこで起きているんだと疑っていたけど、少なくともコンビニでは起きていた。全国共通の青い看板が頼もしい。被災地だろうとどこだろうとコンビニの風景は変わらない。

作業服を着た人が店に入って行く。コンビニ袋を提げて出て行く。駐車場を出入りする車もワゴン車やミニバンばかり。客の大半は原発の廃炉作業や復興事業の作業員だ。

駐車場の隅に、見覚えのあるおんぼろなフォルクスワーゲンがあった。喫煙所に平賀さんが立っている。なぜ？　どうしてこんなところで煙草を吸っているのだ。

挨拶しようか無視しようか迷っていたら、平賀さんがわたしに気づき、煙草を持った手を挙げた。逃げられないと観念し、わたしは肩を落として喫煙所に歩いていった。

「これはまたどうして。電車に乗って東京に帰られたとばかり思ってましたが」

平賀さんは手にした煙草をスタンド灰皿に捨てた。のほほんとしながら、それとなく片目を細め、わたしの心に探りを入れてくる。それがこの人の習慣というか、癖なのだ。

「平賀さんこそどうして」

「せっかく浪江まで来たのですから、あと三十キロ北へ足を伸ばしてきました。思うところがあって海を眺めていたらすっかり暗くなっていたという次第です。このコンビニはたまに利用します。コンビニのおにぎりも美味しくなりましたな。コンビニのおにぎりがあれば、もうなにもいらない」

「わたしもお弁当を買いに。せっかくだから今夜はあの家で過ごそうかなって」

せっかく？

あの家を焼いたらわたしはどこで一夜を過ごせばいいのだろう。うかつにも、その先を考えていなかった。

「あなたには謝らなければなりません。つい感情的になってしまい申し訳なかった。実は母親を津波で亡くしておりまして。老人ホームに入所してましたが逃げ遅れてしまった。海岸から二キロも離れていたので、津波が襲ってくるなんて想像もしなかったのでしょう。あの施設を選んだのはわたしですから、いまだに胸が痛みます。九十三まで生きたのに、最期に苦しい思いをさせてしまった。だからですかな、あなたの嘘に年甲斐もなくかっとなってしまって」

「コクーンランド原町ですか？」

たしか、十数名の入居者が津波で亡くなっている。

「あの辺りもきれいになりましたな。津波の直後は無惨でした。見渡す限り家の残骸でした。神は死んだと思いました。信じてもいない神を死んだと言うのもおかしな話ですが」

「神がどうかしました？　人間が殺したんですよね、ニーチェ的には」

喉の奥から苦いものが込み上げ、わたしは奥歯を噛みしめた。

「そうですな。だから人間が神にならなければならないとニーチェは言った。しかし人間は、神にもならず神を殺し続けますな。信じてもいない神を殺して死んだ死んだと嘆いては、また新しい神を作り上げる」

「だから？」押し寄せてきた怒りを、抑えも効かず吐き出していた。「神がどうしたっていうんですか。死のうが生きようが関係ない。わたしは誰も救えないし救われもしないんだから。意味、わかります？　得意の千里眼でわたしの職業を当てて下さい。ヒント、保健所で働いてます。保健師？　ハズレ。正解は保健所のトイレ掃除です。毎日毎日便器を磨いてます。見えないところまで鏡を使ってきれいに磨きます。保健師さんは立派ですよ。コロナの流行と一生懸命闘ってる。人の命を守るために働いてる。わたしはなにも守れない。闘ってもいない。ただ忙しくしてるだけ。感染リスクがあるから誰とも接触しません。話もしない。仕事を終えたらアパートに帰って食べて寝るだけ。コロナの流行からずっとそんな生活です。どうして生きてるんだろうって考えちゃいますよ。いつの間にか死んでいても、誰にも気づかれずに何日も放置されるんじゃないかって、眠ろうとすると怖くなる。でも朝になると目を覚まして、ご飯を食べて仕事に出かけるんです。そんな毎日の連続、平賀さんにわかりますか？」

平賀さんに怒ってるわけじゃなかった。怒りを受け止めてほしいと願っているだけだ。

わたしの自分勝手な感情の吐露を、平賀さんは顔を伏せて聞いていた。それだけで十分だった。吐けるだけ吐き出したんだ。もういいじゃないか。

しかし平賀さんは、しゃくり上げて声も出ないわたしに、静かに語りかけた。

「どう答えればよいのか、正直、わかりません。ただ、約束はしましょう。これから自宅以外のトイレで用を足すとき、公衆トイレであれ、コンビニのトイレであれ、どこであろうと、きれいなトイレに出会ったときは、必ずあなたのことを思い出します」

だからどうした、と怒りたくなる答えなのに、不意に泣けてきた。思いがけない反応だった。

胸いっぱいに感情が溢れ、涙がぼろぼろこぼれて止まらなくなった。こんな約束、明日には忘れているかもしれない口約束以下の約束なのに、それでもありがたかった。ずっと、こんな言葉を待っていた気がした。

意外な変化がもうひとつ起こった。天野君の手紙が急に読みたくなった。猛然と読みたくなったのだ。

泣きながら、声を振り絞り平賀さんに告白した。『ゲド戦記Ⅰ』にはさんであった十年前の手紙のこと。それを読むべきか迷い、封を切らずにいたこと。

「それは、読むべきです」平賀さんは力強く断言した。「こう考えたらいかがですか。あなたが孤独に打ちひしがれていたときも、その手紙は本の間からあなたにメッセージを発信していたのだと。そのメッセージを、あなたは今日、受け取ったのだと。ためらわず読むべきです」

「遅いんです。焼いちゃったから。手紙だけじゃない。わたし放火犯なんです。あの家に火をつけて出てきたんです」

「家に火をつけた？　確かですか？」

わたしはうなずいた。

平賀さんは首を上げ、気配を探るように夜空を見回した。

「おかしいですな。静かすぎる。火をつけて二十分は経ってるはずです。それにしてはサイレンも聞こえない。夜空が赤くなってもいない」

「カーテンに火をつけたんです。燃え上がるのを確かめて家を出たんです」

「その放火、失敗かもしれませんな。とにかく戻りましょう、間に合うかもしれない」

平賀さんは有無を言わさずわたしを車に押し込み発進した。

「あの家は注文住宅でしたな。立派な耐震住宅です。震災に耐えてひびひとつ入ってなかった。雨漏りもしてない。ネズミも入ってない。ならば耐火性能にも気を遣ってるはず。カーテンは燃えても天井が火を食い止めた可能性があります。お父様に感謝ですな」

ものの五分で我が家に到着した。家は燃えていなかった。わたしの部屋は暗いまま。窓ガラスも割れていない。

「放火犯になりそこねましたな」平賀さんはエンジンを切った。「しかし部屋のドアを開けるときはご注意ください。急に酸素が入ると爆発的に燃え上がる危険があります。わたしが先に入って様子を見ましょうか」

「ありがとうございます。でも、わたし一人で行きます」

わたしはドアを開けて庭に足を下ろした。

「では、ここで見守ることにしましょう。いいですか、壁で身体を守りながら、ドアを開けるときはゆっくり、煙を外に逃がしてから入ってください。『ゲド戦記Ⅰ』のサブタイトルは『影との戦い』でしたな。そこに待っているのはあなたの影かもしれませんよ」

「はい。覚悟はできてます」

いいですか、くれぐれも気をつけて。くれぐれも。

平賀さんの声を背中に受けながら、わたしは玄関に向かった。

9

ゲド戦記、読みました。で、感想は？　と中村さんは聞いてくるはずで、なまの会話だと僕は間違いなく口ごもる。言いたいことを頭で整理して順序立てて口に出すことが苦手だから、めんどくさくなってつい、「べつに」とか口走ってしまうおそれがあるから手紙にしました。だから、いまどき手紙かよ、昭和じゃね、とか思わんといてください。これでも誠意を見せてるつもりです。

そう、ゲド戦記の感想でした。ページを開いて、ほとんどの漢字にルビがふってあるんで楽勝！　と思ったのはつかのまで、なんかとっつきにくい。むずかしい。なのに引き込まれたのには理由があって、それはこの物語の基本設定の「まことの名」。ものにはみな俗名とべつに「まことの名」があって、「まことの名」にこそ存在の本質があるんだっていう、そこに共感したわけ。

というのは、秘密を打ち明けるけど、僕にもまことの名はある。いまは誠次だけどほんとは誠一なんだ。僕が五歳のとき生みの親が交通事故でいっぺんに死んで、津島の伯父さんにもらわれて、いとこが兄さんになった。僕は弟だ。名前が誠一じゃ紛らわしいからって僕は誠次になった。それでも僕の心の中では、生みの親がつけた誠一が本当の名前だ。『ゲド戦記』ふうに言えばまことの名。でもこれは秘密にしてほしいんだ。

それに、もうひとつ。ゲドが子ども時代に死の扉を開いてしまって、ずっと死の影におびやかされてるっていう設定にも共感した。僕にも死の影がある。それは生みの親のことだからおぞましくはないけど、夜中に一人ぼっちでいると身近に死の影を感じた。向こう側に引っ張られるようで怖かった。でも本当はこんなシリアスな話はしたくないんだ。寝ぼすけって言われてるくらいが僕にはちょうどいいんだ。

断っておくけど、不遇な子ども時代を過ごしたとか、もらいっ子で肩身のせまい思いをしたとか、そういう話じゃぜんぜんないからね。育ての父も母もやさしいし、牛の世話も畑仕事も僕は好きだ。不満はないんだ。でもさ、なんていうか、心のどこかでは、ここは本当の自分の居場所じゃないって思いがあって、おどおどしていた。そのおどおどが癖になって、いまだに挙動不審が抜けない。

女子が僕のことを陰で笑ってることも知ってる。中村さんの視線も感じてるし、ターゲットにされてるなってわかる。でも誤解しないでほしい。それはそれでうれしいんだ。僕はずっと地味で目立たない子だったから、注目されるってまずなかった。だから、たとえいじられキャラであっても、人の、特に女子の間で噂にされるってことは自虐的だけどうれしいんだよ。まあ、ほどほどにしてくれっていうのも本音だけどね。

口では絶対に言えないことをいまこうして書いているわけだけど、大丈夫？　ついてこれてる？　もし、途中で破り捨てないでここまで読んでくれたなら多少は脈あるかなってことで思い切って告白する。

僕は中村さんが好きだ。

あ、言っちまった。じゃない、書いてしまった。でも書き直さないぞ。ここは勇気を見せないと。返事はあってもなくてもいい。とりあえず僕の気持ちを伝えることがこの手紙の目的だから、すっきりした。

でもやっぱり返事はほしい。もしその気があったら電話をもらえるかな。いい返事でも悪い返事でもいいから。

じゃあ、僕の携帯番号を教える。

０９０・◯◯◯・××××

急がないから。気が向いたらでいいから。

気長に待ってるよ。いつでもいいから。

天野誠次

まことの名は天野誠一

10

見上げれば曇天の染みにしか見えないヘリコプターからバタバタと爆音が降り注ぐ。

二〇二一年三月二五日、双葉駅前。

聖火リレーはあっけなく終わった。聖火ランナーは三人。駅前ロータリーのリレーコースは全長百メートルにも満たない。ランナーをガードして伴走する警察チームに守られ、三人は聖火トーチを受け渡しながら歩くような速度で走り、ものの数分でゴールした。

沿道を埋めていた観衆がばらけていく。歴史的な時間を共有したという満足感で、みんな晴れ晴れとした顔をしている。子どもたちはこの日の思い出を胸にしまい、大人になっていくのだろう。十数年後か数十年後、「あの当時の双葉町はね」と自分の子に語り聞かせているかもしれない。その頃、双葉町はどんな町になっているのだろう。

「あっという間だったな」

ビデオカメラを下ろし、天野君はぽかんとしている。こういう表情は昔と変わらない。

「面白くもなく、やがて寂しき祭りかな」

「ランナーはうれしそうに走ってたよね」

わたしは「双葉町」と緑色で大書きした紙の旗を二本手にしている。一本は天野君の分だ。リレーの間、ビデオカメラを回していた彼に代わり、二本の旗を両手で振っていた。紙の旗は両耳の横でパタパタと乾いた音を立てた。

トーチの先に小さな炎を揺らして、聖火ランナーの女の子が手を振りながら目の前を走り過ぎていった。幸福の絶頂を走るような笑顔に、彼女の中を通りすぎていった十年間を思い、目頭が熱くなった。走る人にも、旗を振る人にも、警備する人にも、それぞれの十年間がある。それぞれなんだ。人それぞれ。

おかしなもの。昨日までは親のかたきのように聖火リレーを憎んでいたのに。

天野君は紙の旗をわたしから受け取り、くるくる丸めて腰のベルトに差し込んだ。

天野君とはまだ会話らしい会話をしていない。わたしにすれば、電話が繋がったこと自体が奇跡で、彼にとっては、高校時代に書いた手紙が十年後に発見されたことが驚きで、電話では踏み込んだ会話ができなかった。

「うっそお。あの手紙が出てきたんだ」

天野君は笑っていた。高校時代には聞いたことのない豪快な笑いだった。「会いたいなあ。会いたい。いまどこにいるの？」

自分から積極的に誘うなんてことも以前は考えられなかった。

「住んでるのは東京の国分寺。でもいまは浪江町の自宅」

「おれも住んでるのは東京。東京の立川。でも明日は双葉に行く。聖火リレーを記録するんだ」

「記録って、天野君ジャーナリストなの？」

「いや、個人用の記録だ」

そして今日だ。昨日、電話では興奮を隠さなかった天野君が、十年ぶりに会ってみると妙に押し黙っていて、素っ気ない表情は高校時代と変わらない。見た目も、首から下は変化して筋肉質でしまっているのに、顔つきは少年みたいに童顔だ。

心臓が爆裂しそうに期待をふくらませていたわたしは天野君の冷静な態度に肩すかしをくらった気分で、腹も立てていた。なにを考えているのかわからないという点では、昔のままの天野君かもしれないけれど。

聖火リレーが終わり目尻をぬぐったわたしに、「あれっ、もしかして感激した?」と天野君は困ったような顔をした。天野君はアンチ・オリンピック派だ。その点はわたしも同じだけど、泣いた理由を説明するにはわたしの十年間を語って聞かせなければならない。それには半日くらいかかるだろう。

「すっかり変わったなあ。昔の面影ぜんぜんない。大幸食堂もキッチンたかさきも渡辺商店もなくなった」天野君は駅前の風景を撮影しながら、自分のぼやきを吹き込んでいった。「思い出は捨て去り、新しい時代を切り開く。これが復興五輪の光景です」

記録した動画をなにに使うのだろう。SNSで配信するならスマホで撮影した方が手間は省けるのに。

「ねえ、これからどうするの?」

「下宿屋に付き合ってくれる？　捜しものがあるんだ。あの家が潰れてなかったらの話だけど」

天野君は先に立って歩き出した。歩きながらビデオカメラを回し、ここは昔なにがあった、どんな店がありなにが美味かったか思い出を吹き込み続けた。邪魔しないよう、わたしは無言で彼のあとに続いた。

商店街も、ほとんどの家は消えて空き地だらけだ。懐かしもうとしても取っかかりがない。かろうじて残っている店も、建っているのが気の毒なくらい傷だらけだ。

割れたガラス戸は割れたまま、店先に破片が散乱して、破れたカーテンは破れたまま、商品棚に色褪せた造花が埃をかぶって。崩れた屋根は崩れたまま、剝がれた壁は剝がれたまま、お寺の山門はひっくり返って。

それでも、荒れた庭にスイセンやタンポポが咲いていたり、しだれ桜に花が開いていたりすると、季節は裏切らないなと心がほっこりする。植物って強い。

天野君は冨沢酒造の手前から路地に入り、板壁に沿って進んでいった。冨沢酒造の裏に回ると壁が完全に倒れて、巨大なタンクが剝き出しになっていた。わたしは思わず「うわっ」と叫んだけれど、天野君はやっぱり黙ったままで、江戸時代からの歴史ある造り酒屋の惨状をざっと撮影して先に進んだ。

わたしの存在が邪魔なのかな。心配になってきた矢先、天野君は声を上げた。

「奇跡です。昭和の歴史的建造物、双葉の下宿屋がいまも健在です」

天野君はわたしにビデオカメラを預け、適当に撮り続けてくれと頼んだ。

見るからに安普請の木造平屋だ。トタン板を張りめぐらした壁と、赤いトタン屋根。窓枠も木製で、ガラスはほとんど抜け落ち部屋が丸見え。全体に軽量だから、強い揺れに耐えられたのだろう。

入り口のドアが半開きだ。泥棒の仕業だろう、ドアノブが抜き取られ穴が空いている。ビデオカメラのモニターの中で、天野君は下駄箱に置いてあるピンクの電話を指差し、「いまどき博物館にしかねえぞ」と笑いながら受話器を取った。「ここに十円玉を入れ、ダイヤルを回します」と使用法を説明する。彼の背後の板壁に赤いスプレーインクで大きく×印があるのは、泥棒が描いた仕事済のサインだろうか。

どの部屋の板戸も全開で、廊下にはジャンパーや柔道着やマグカップや卓上ランプや毛布や枕やギターやドライヤーやアダルト雑誌なんかが放り出されていた。天野君はそれらを蹴散らしながらずんずん歩き、いちばん端の部屋に入った。

天野君の部屋も荒らされていた。泥棒の仕業というより、強力なポルターガイストが暴れ回った跡みたいだ。壁に貼ったももいろクローバーZのポスターが日に焼けて白い。

「ももクロが好きだったの？」

わたしの質問にはノーコメントで、天野君はうつ伏せに倒れていたカラーボックスを引き上げ、崩れ落ちた参考書や漫画本やＣＤの山から「あった」と一冊の本を拾い上げた。

『ゲド戦記Ⅱ　こわれた腕環』だ。

「やっと続きが読める」

天野君の目が輝いた。

「え、続きを読むの？」

「震災で中断していた。これで読むって決めてたから自分じゃ買わなかった。地下迷宮の墓所に巫女が閉じ込められてるんだよな、たしか」

わたしはビデオカメラを天野君に返し、両手で顔を覆った。

「天野君、あんたって人は、ほんと変わらないんだね」

※

F高校は変わっていなかった。

いや、変わっていないというのは大嘘で、十年も放置されて傷まない建物はない。壁の色はくすんでいるし、基礎部分に亀裂が入ってコンクリートがぼろぼろだし、一階の窓という窓をふさいでいるベニヤ板が見苦しい。前庭なんか荒れ放題で完全に廃墟の庭だ。

それでも変わっていないと言いたいのは、封鎖された校舎の暗がりに、十年前のわたしたちの夢が眠っているように思えるから。

別棟の図書館は窓をふさぐものがなく、入り口のガラス窓越しに正面の「推薦本コーナー」が覗けた。面出し台に陳列された十年前の新刊本。表紙は驚くほど色褪せていない。生徒たちの声をひそめた息づかいが、書棚の間にいまも漂っている気がする。

「図書館の匂い、好きだったな」窓から顔を離した。ガラス面に白く残った息の跡が恥ずかしかった。「読まなくてもいいの。ぼおっとしてるだけで気持ちが落ち着く」

「ほんとに？」天野君は信じられないという顔で苦笑している。「おれなんか、ここで本を借りたの二年間でたった一冊だぜ」

そんな天野君がいまは作家を目指しているというから、人生ってわからない。

「『ゲド戦記』を読んで思ったわけよ。自分って存在はなにも表現しなければただの一人にすぎないけど、なにかを表現すれば自分の分身を無数に生み出すことができるんだ。牛を飼うのも家を建てるのも表現だけど一回限りだろ。文学は違う。地球の裏側にだって届くしおれの死後も残る。これってスゲえことだよな」

図書館の横で放置されたミニバスが黒ずみ、正門の横では黒松が立ち腐れている。

天野君は歩きながら話し続けた。

「あれ読んですぐに震災が起きて、おまけに原発事故だろ。『ゲド戦記』の世界と同じじゃん。違う？　現実世界に闇の世界がじわじわ侵入してきて、荒んでくるような気配。さすがに竜は飛んでないけどさ、飛んでてもおかしくない空、見たことない？　おれは何度も見たよ。地震雲じゃないけど、またでかいのが来るんじゃないかって怖くなるような雲が夕暮れ空に浮かんでんだよ。まあいいよ、雲の話は。おれ二本松で子どもに絵本を読み聞かせるボランティアもしたんだ。子どもの食いつきが凄いんだ。目をギラギラさせて。やっぱ本は違うな。ゲームは逆。熱中するほど目が淀んでくるんだぜ。だからさ、おれ、こいつらのためにも震災の物語を書かなくちゃって決めた。死んでいった牛たちの恨みも晴らさなくちゃならないし、津島の森の話も書きたいし」

ああ。天野君のしゃべりはやっぱり、途中からカオスになってきた。でもネガティブな体験をポジティブなものに変換していこうっていう情熱は伝わって、わたしとさして変わらない身長の天野君を大きく見せた。

「『ゲド戦記』が天野君の人生を変えちゃったんだね。なんか、これ貸したわたしも責任重そう」

「うれしい。中村さんおれの夢、否定しなかった。親父も兄貴も現実主義者だから、いまじゃお金の話しかない。生きてくためにはお金が必要だって、それはわかるけどな」

「あっ、ほら。駐輪場に自転車があんなに。あれ、震災の日から十年間そのまんまなんだね。あの自転車の数だけ自転車の持ち主がいて、それぞれに十年間の物語があるんだよ」

「置き去りにされた自転車の十年間の物語ってのもある」

「うわっ。天野君、そういう視点で世の中を見てるんだ」

「たとえばほら、あれだ。昇降口の扉もぴったり閉ざされているけど、あの中で七百足の上履きが置きっぱなしなんだ。下駄箱の中で七百人分の上履きが十年間、ひそひそ交わし合っていると想像してみろよ。凄くねえか。おれが書きたいのはそういう話なんだ。そういう話が書けるのはおれだけなんだよ」

置き去りの自転車といい、七百足の上履きといい、天野君の考える物語は普通と違う。じゃあ、天野君の手紙をはさんで十年間も待っていた、一冊の本の物語があったっていいはずだ。

昇降口の前を通り過ぎると傾いた電柱がある。校舎の角を回ればモニタリングポストが0・084μSv／hと放射線量の数値を示している。その先に広がる枯れ野みたいな校庭。薄墨色の空の下、野球グラウンドのバックネットが赤茶色に錆びている。

枯れ草を踏み分け、校庭を二人で歩いた。放射線量を下げるために校庭は盛り土されて、地面を踏む靴の感触に違和感があった。どこから運んできた土なのだろう。土の中に眠っていた種子が芽吹いて校庭を原野に変えたのだ。草だけじゃない。松の若木も腰の高さに伸びている。

枯れ野を走りながら狐に変身していく女の物語を思い出していると、わたしの心を読み取ったように、天野君が突然、「くっそお、走りてえな」と叫ぶように口走った。

「F高の卒業生で黒部アキラって作家がいるの、知らない？『爆心地ランナー』が代表作なんだけど、読んでないか。支離滅裂のクソみたいな小説。なに言いたいのかわからないし、てにをはの使い方も知らねえのかってくらい文章も下手だけど、言葉が強いんだ。一個一個、太鼓の乱れ打ちみたいに響く。極めつけが『そこがどこであれ君が走る場所が爆心地だ』。さっき、この言葉が頭に浮かんで突き動かされた。おれ、球技は下手だったけど足は速かっただろ。ここ一面、焼き野原にするくらい走り回りてえ」

「そこがどこであれ君が走る場所が爆心地」

声に出して唱えてみた。妙に人を焚き付ける言葉。自爆の勧めのようにも聞こえる。自爆の一瞬のエネルギーに全人生を賭けろというのか。でもそれはあまりに無責任じゃないのか。わたしが自爆未遂者だからかもしれないが、軽い反発を覚えた。

代わりになる言葉を探し、口にしてみた。

「同じ場所にとどまるためには全速力で走らなくちゃならない」

天野君は即、反応した。

「それ、『不思議の国のアリス』だっけ」

「惜しい。『鏡の国のアリス』に出てくる赤のクイーンのセリフ。でも意外。天野君『アリス』を読んでるんだ」

「こう見えても文学部出身だぜ、三流大学だけどな。それでも学生時代に書いた初めての小説が新人賞の最終選考に残ったんだ。才能ありって思うよな。おれやれるんじゃねえかって。でも、半端な才能は身を滅ぼすってつくづく身に沁みた。卒業してからも働きながら書いては送り書いては送りであっという間に五、六年だ。ばかは諦めが悪いんだよ」

天野君は、最終選考に残った小説のあらすじを語って聞かせた。

舞台は、原発事故が起きて住民がみんな避難した津島地区。置き去りにされた猫が餌を求めて森をさまよい、洞穴を見つける。洞穴の奥はいくつも枝分かれしていて、孤独に避難生活を送る津島の人々に繋がっている。いじめに遭った子どもや、婚約を破棄された女性、ウツ病の男や、孤独死寸前の老人。彼らの膝に猫は乗り、あるいは蒲団にもぐり、癒やして回る話。

ハナ？ 心臓が高鳴ってきた。わたしのへそを、腹を、胸を、ハナが歩いた感触が甦ってくる。これは、ただの偶然だろうか。

「その猫、ひょっとしてハナがモデル？」

天野君は口ごもった。「うん、まあ、そうかもな。仕方ないだろ。犬猫は置いて逃げるよう指示があったんだ。ハナだけじゃねえ。どの家も泣く泣く置いて逃げたんだ」

「その話すごくいい！ 本にしよう、絶対」

思わず大声を上げていた。天野君にしがみつく勢いだった。「諦めちゃダメ。書き直して、タイトルも変えて他の文学賞に送るの。賞を取るまで何度でも送るの。わたしも応援する。本にしよう！」

「なんだよいきなり。でもな、弱気になってるわけじゃないけど、震災の話で賞を取るのはもう無理かもな。時代が求めてないっていうか、世間の関心が薄いだろ。売れそうにない小説に出版社が賞をくれると思うか。それでもおれは書くけどさ。賞を取るとか取らないとか、本当はどうでもいいんだ。書きたいものを書いていく。書いてりゃそのうちいいことあるだろ。それだけは信じてる。今日だってほら、いいことがあった」

天野君は『ゲド戦記Ⅱ』を胸の高さに掲げた。

「不器用な人だ、天野君は。不器用だからしぶといのかな」

「震災の話をこれからも書くよ。震災はおれの一部なんだ。永遠回帰だ。時間を巻き戻してもう一回体験してもいい。生まれ直して最初からやり直してもいい。永遠回帰だ。最近思うんだけど、どんな小説も、目指しているのは永遠回帰じゃないかな。中村さんも書けよ。中村さん頭いいんだから絶対いいもの書ける」

返答に困り足を止めた。校庭のほぼ中央。

震災の日、激しい揺れに怯えて生徒らが固まっていたのはこの辺りだ。掘り返せば、穴の底からわたしたちの声や悲鳴が聞こえてくるだろうか。校舎の時計は二時四十六分を差している。時間が止まっている、なんて嘘だ。時計は止まっても校舎の時間は止まらない。わたしたちと同じ時間が流れているのだ。

「わたしはいいよ。最近はろくに本を読んでないし、まとまった文章も書いてない。手紙ひとつ書いてないんだよ」

「手紙がいちばん書くの難しいんだぜ。正直に書こうとするほど嘘になる」

「そう言えば手紙の返事、まだしてない」

天野君は苦笑してうつむき、靴の先で地面をほじった。「あれの返事はいいよ。十年前の手紙だ。十年前のおれに返事もらってもいまのおれが困る。あらためて手紙を書くよ。Ⅱ巻を返すとき間にはさんでおくから。十年前のやり直しだ」

「Ⅲ巻も借りるよね。じゃあ手紙の返事はⅢ巻にはさんで渡すとしよう」

「なんだろうね、この、時代遅れの文学少年少女みたいな会話は」

「一周回ったら時代の先端を走ってる。そうだな。もしもわたしが小説を書くとしたら、『ゲド戦記』をめぐる話になるだろうな。その小説はね、『あれっ、重くね』から始まるんだよ」

「なんだよそりゃ」

「忘れたの？　すべてはそこから始まったんだよ。『あれっ、重くね』から」

わたしは天野君から『ゲド戦記Ⅱ』を受け取り、本の重さを確かめるように上げ下げしてみせた。天野君は、なにをしてるんだと言いたそうな目でわたしを見ている。

静かな世界だ。枯れ草の校庭にわたしたちしかいない。これは滅びの風景だろうか。けれど、滅びの風景にこそ永遠の時間が流れるのだ。

ずっと、ここでこうしていたかった。

でも、そのためには走らなくちゃ。

走らなくちゃ。

同じ場所に居続けるためには、全速力で走らなければならないのだ。

参考文献

『ゲド戦記Ⅰ　影との戦い』岩波書店　ル・グウィン著　清水真砂子訳
『ゲド戦記Ⅱ　こわれた腕環』岩波書店　ル・グウィン著　清水真砂子訳
『自分ひとりの部屋』平凡社ライブラリー　ヴァージニア・ウルフ著　片山亜紀訳
『幕間』平凡社ライブラリー　ヴァージニア・ウルフ著　片山亜紀訳
『不思議の国のアリス』角川文庫　ルイス・キャロル著　河合祥一郎訳
『鏡の国のアリス』角川文庫　ルイス・キャロル著　河合祥一郎訳
『新編 風の又三郎』（「やまなし」）新潮文庫　宮沢賢治著
『夏への扉（新版）』早川文庫　ロバート・A・ハインライン著　福島正実訳
『ロウソクの科学』岩波文庫　マイケル・ファラデー著　竹内敬人訳
『漂流教室』小学館文庫　楳図かずお著

挿入歌

SPEED「GO！ GO！ HEAVEN」作詞 伊秩弘将

著者略歴

志賀　泉（しが　いずみ）

福島県南相馬市小高区生まれ。県立双葉高等学校（現在休校中）を経て二松学舎大学卒業。

『指の音楽』（筑摩書房）で第20回太宰治賞受賞。原発事故を題材にした小説に『無情の神が舞い降りる』（筑摩書房）、『百年の孤舟』（荒蝦夷）がある。

附記

本文中「Ｆ高校」は県立双葉高校がモデル。2023年、創立百周年を迎えた母校の記念讃歌、「百年の樹」の作詞を担当した。（作曲は同校の渡部俊美氏）

「爆心地ランナー」　初出「吟醸掌編 vol.4」けいこう舎　2022年6月
「こんなやみよののはらのなかを」　書き下ろし

石炭袋

爆心地ランナー

2024年6月18日初版発行
著　者　　　志賀　泉
編集・発行者　鈴木比佐雄
発行所　株式会社 コールサック社
〒173-0004　東京都板橋区板橋 2-63-4-209
電話 03-5944-3258　FAX 03-5944-3238
suzuki@coal-sack.com　http://www.coal-sack.com
郵便振替　00180-4-741802
印刷管理　（株）コールサック社　制作部

装幀　松本菜央

JASRAC 出 2403157-401
落丁本・乱丁本はお取り替えいたします。
ISBN978-4-86435-614-5　C0093　￥1700E